MERIDIANE

Aus aller Welt

Band 52

Hansjörg Schneider

Im Café und auf der Straße

Geschichten

Mit einem Nachwort von
Beatrice von Matt

Ammann Verlag

Verlag und Autor danken dem Literaturkredit Basel-Stadt und Basel-Landschaft
für den Druckkostenbeitrag.

Erste Auflage
Im 20./21. Jahr des Ammann Verlags

Homepage: www.ammann.ch
Satz: Gaby Michel, Hamburg
Druck und Bindung: Clausen & Bosse, Leck
ISBN 3-250-60052-0

Als ich im Januar 1966 an der Universität Basel mein Germanistikstudium abgeschlossen hatte, wußte ich nicht, was ich weiterhin tun sollte. Ich wollte Schriftsteller werden, hatte indessen keine Ahnung, wie man so etwas macht.

Ich war dann ein halbes Jahr Deutschlehrer an der Kantonsschule Chur und arbeitete anschließend auf der Redaktion der *Basler Nachrichten.* Das hat mir gut gefallen, das viele Papier, das Schnipseln, das Tickern der Fernschreiber. Immer hat es pressiert, und jeden Tag haben wir ein Morgen- und ein Abendblatt herausgegeben.

Später bin ich Lokalreporter bei der *Basler National Zeitung* geworden. Ich habe das so gemacht: Ich bin mit dem Velo um 20 Uhr an eine Jahresversammlung oder zu einem Vortrag gefahren, habe notiert, was zu notieren war, und bin gleich danach in die Redaktion gespurtet, um meinen Bericht zu schreiben. Ich habe schnell geschrieben, da ich vor Mitternacht noch ein Bier in der Rio Bar bestellen wollte. Das ist mir meistens gelungen.

Damals habe ich gelernt zu arbeiten, das heißt zu schreiben. Möglichst klar, möglichst knapp, damit es die Leute auch lasen.

1968 bin ich Spezialist für Studentenfragen geworden. Ich habe die Diskussionen besucht, die *Sit-ins,* die Demonstrationen. Ich bin mit einem Bus nach Paris ins besetzte Quartier Latin gefahren, ins Herz der Studentenrevolte. Es war eine unerhört spannende Zeit. Das Wort, vor allem das gedruckte Wort in der Zeitung, so dachten wir, verändert die Welt.

Ich habe angefangen, fürs Feuilleton der *National Zeitung* Glossen zu schreiben. Erst unter Pseudonym, ich hatte noch nicht den Mut, in aller Öffentlichkeit mit meinem Namen zu meinen persönlichen Texten zu stehen. Aber immerhin wagte ich es, sie zu publizieren. In jener Spalte habe ich meine ersten Gedichte veröffentlicht und meine ersten Geschichten. Ich habe zum ersten Mal das, was ich heimlich meinem Schreibheft anvertraut hatte, gedruckt gesehen. Ein Schock war das, aber auch eine Befreiung. Und bald fand ich den Mut, meinen richtigen Namen darunterzusetzen. So bin ich Schriftsteller geworden.

Ich lese noch heute Zeitungen, mindestens zwei pro Tag. Eine einzige würde mir nicht genügen, ich will eine Gegendarstellung haben, eine zweite Meinung.

Eine Zeitung ist sinnlich. Sie raschelt verführerisch am Morgen im Café, wenn es aus der Tasse duftet. Eine

Zeitung ist wunderbar altmodisch, im Vergleich zu Radio und Fernsehen immer zu spät, im Format viel zu groß, so daß man sie kaum ganz ausbreiten kann. Eine Zeitung ist jeden Morgen frisch und neu. Man kann schimpfen über sie, man kann fluchen, aber man liest sie doch.

Ich schreibe noch heute gern für Zeitungen. Ich mache das mit gleicher Sorgfalt und Leidenschaft wie für ein Buch. Mich freut's, wenn in den Briefkästen eine Zeitung steckt, in die ich geschrieben habe. Ich schreibe gern für den Tag. Ich komme mir dann als Handwerker vor, als Lohnschreiber. Ich fühle mich solidarisch mit der Frau, die morgens um fünf das Blatt austrägt.

Großartig ist es, wenn man eine ganze Seite zur Verfügung hat und man weiß, daß der Redakteur einen schönen, gepflegten Umbruch macht.

Gut ist es auch, wenn man regelmäßig eine Kolumne schreiben darf, immer an der gleichen Stelle abgedruckt, immer gleich lang. Man gewöhnt sich an diese Länge, man entwickelt eine spezielle Technik, einen eigenen Stil. Ich habe Kolumnen geschrieben für verschiedene Zeitungen, Reisereportagen, Essays, Geschichten.

Im vorliegenden Band habe ich einige dieser Texte zusammengestellt, der geneigten Leserin, dem geneigten Leser, wie ich hoffe, zur Kurzweil.

H. S.

I

Jesus auf dem Hüninger Riff

Eine Weihnachtserzählung

Bericht der Basler Fremdenpolizei an die Regierung vom 11. Dezember

Hoher Regierungsrat,

wie erinnerlich sind im vergangenen Frühsommer in der Gegend Kleinhüningen/Dreiländereck auf völkerrechtlich nicht genau identifizierbarem Boden respektive Wasser seltsame Dinge geschehen, die über die Landesgrenze hinaus erhebliches Aufsehen erregt haben. Im Morgengrauen des 28. Mai nämlich entdeckte der Kapitän Pieter van Aalen des unter Schweizer Flagge fahrenden Tankschiffs Beresina auf der Höhe der Landesgrenze dicht vor dem Bug eine inselartige Erhebung, die plötzlich aus dem Rhein aufragte. Van Aalen hatte trotz der frühen Morgenstunde die Geistesgegenwart, sogleich das Nebelhorn zu betätigen und das Steuerruder herumzureißen, um einer Kollision zu entgehen. Da er flußaufwärts fuhr und also die Strömung gegen sich hatte, gelang es ihm, an der Insel vorbeizuschrammen und den bis obenauf mit Schweröl gefüllten Kahn nach links in die Einfahrt des Basler Rheinhafens zu steuern, der ja kaum mehr benützt wird. Dort krachte die Beresina mit der Spitze voran in die Quaimauer C, bekam Schlagseite und blieb festgeklemmt liegen. Es muß als Glück im Unglück bezeichnet werden, daß nur die vordersten Schotten leckten und der Ölverlust des Schiffes gering zu nennen war.

Woher diese Insel (im folgenden dem Volksmund entsprechend Hüninger Riff genannt) kam, blieb bis heute ungeklärt. Die geologischen Expertisen der Katasterämter von Basel-Stadt, Baden-Württemberg und Elsaß-Lothringen widersprechen sich diesbezüglich in allen wichtigen Punkten. Möglich ist immerhin, daß jener Vulkan, der vor Jahrtausenden das badische Gebirge Kaiserstuhl (westlich von Freiburg i. Br. gelegen) emporgestoßen hat, wieder aktiv geworden ist und das Hüninger Riff aus dem Rheinbett gedrückt hat. Eine Vermutung, die von den zuständigen Behörden in Stuttgart aufs schärfste in Abrede gestellt wird. Aus verständlichen Gründen, wie uns scheint. Denn für die Folgen dieser vulkanischen Tätigkeit wären dann wohl unsere badischen Freunde finanziell zuständig.

An jenem Morgen des 28. Mai wurde vom Vorstand des Basler Rheinhafens, vor dessen Augen das Unglück geschah, sogleich überregionaler Katastrophenalarm ausgerufen. Ein Umstand, der, wie bekannt, zu mancherlei Kritik Anlaß gegeben hat. Insbesondere wurde von Basler Seite bemängelt, daß das flächendeckende Einschalten der Sirenen zu dieser frühen Morgenstunde unnötig, wenn nicht fahrlässig gewesen sei, da die Gefahr einer Massenpanik gedroht habe. Für die Stadt Basel habe keine direkte Bedrohung vorgelegen, da eventuell ausfließendes Öl nordwärts abgeflossen wäre.

Solchen Kritikern ist zu entgegnen, daß aller Erfahrung nach besser einmal zuviel alarmiert wird als einmal zuwenig. Immerhin haben die aufheulenden Sirenen den Kapitän des Lastkahns Kies-Ueli, der laut eigenen Angaben am Steuerrad seines auf Leerfahrt flußabwärts driftenden Schiffes ein bißchen eingenickt war, aufgeweckt, so daß er die Gefahr noch früh genug erkannte, um auf die dem französischen Huningue zugewandte Fahrrinne auszuweichen und das Riff zu umschiffen.

Wie erinnerlich, ist die Insel inzwischen weggeräumt worden, und zwar, nach etwelchen unerquicklichen Streitereien, unter paritätischer finanzieller Beteiligung der drei Anrainerstaaten, so wie sich das für eine regionale Kameradschaft gehört.

Was die Fremdenpolizei jedoch bis heute beschäftigt, ist ein personelles Problem. Schon Kapitän Pieter van Aalen hat damals am 28. Mai kurz nach dem Einschrammen der Bugspitze seiner Beresina in die Quaimauer C von einer äußerst befremdlichen Vision erzählt. Er habe, so hat der an allen Gliedern zitternde Holländer dem herbeigeeilten Hafenvorstand berichtet, auf dem aus dem Morgengrauen auftauchenden Riff die Heilige Familie gesehen. Maria, Joseph und Jesus, jawohl. Auf die Frage des Vorstandes, ob er nicht geträumt habe, antwortete er: Nein. Sie sind auf der Flucht nach Ägypten.

Der Schock, dachte der Vorstand und versuchte, den Holländer aus dem Flachmann zu laben. Der nahm einen Schluck, lächelte selig und flüsterte: Die Maria hat einen Glorienschein.

Von der heiligen Maria konnte natürlich keine Rede sein. Aber in einem Punkt hatte der Mann doch genau beobachtet. Auf dem Eiland mitten im Rhein befanden sich drei Personen und ein Esel. Das haben sowohl der Hafenvorstand, der nachschauen ging, als auch der Kapitän des Kies-Ueli eidesstattlich versichert. Diese Personen bestanden aus einem rund sechzigjährigen, bärtigen Mann mit langem Mantel und Hut, was zu dieser im allgemeinen doch recht warmen Jahreszeit erstaunte, aus einer etwa fünfunddreißigjährigen Frau in blauem Kleide und, wie sich der Kapitän des Kies-Ueli ausdrückte, mit eigentümlich erhelltem Haarkranz, und aus einem mit Hemd und Hose bekleideten (im übrigen barfüßigen) Jüngling südländischen Aussehens. Der Esel schien ein gewöhnliches Grautier zu sein.

Es ist also entgegen jeder zweifelnden Vermutung doch anzunehmen, daß sich die Leute bereits beim Vorbeischrammen der Beresina auf dem Riff befanden.

Diese Frage hat ja zu beträchtlichen Diskussionen Anlaß gegeben. Die von verschiedenen Seiten geäußerte Vermutung, die drei Refugianten seien kurz nach dem Tankerunglück, dieses sich zwecks öffentlichen Aufsehens zunutze machend, auf das Riff hinübergeschwommen oder von fremden Helfern, z. B. von militanten Grünen, die die alten Rheinauen wiederherstellen wollen, auf die Insel hinübergerudert und daselbst ausgesetzt worden, diese Vermutung, sage ich, konnte in keiner Weise erhärtet werden. Es muß davon ausgegangen werden, daß die Personen schon in der Nacht auf das Riff gelangten, ja daß sie gleichsam mit dem Riff aus dem Wasser aufstiegen.

Als erste traf die Basler Wasserpolizei ein, nach 54 Minuten genau. Das scheint eine lange Dauer zu sein. Man muß aber berücksichtigen, daß die Mannschaft sich nicht rund um die Uhr auf ihrem Schnellboot befindet, sondern sich in irgendwelchen Büros oder in der Kantine aufhält. Angeführt wurde der vierköpfige Trupp von Wachtmeister Hänny. Er verhielt sich laut Protokoll korrekt nach Vorschrift, salutierte freundlich und verlangte die Papiere. Die Leute hatten keine. Auch für den Esel war kein Veterinär-Zeugnis vorhanden. Ein Umstand, dem unsere Männer nur zu oft begegnen. Es kann daher schon sein (und wäre zu verstehen, wenn auch nicht zu verzeihen), daß Hänny einen Moment lang hässig wurde und die Nerven verlor. Daß er aber gedroht habe, die »ganze Bagage samt Kind und Kegel« ins Wasser zu stoßen, wie das Korporal Meury einem Boulevardblatt gegenüber kolportiert haben soll, erscheint doch gänzlich unmöglich.

Laut Protokoll ist das Begrüßungsgespräch folgendermaßen verlaufen:

Hänny: Guten Tag, meine Damen und Herren. Wie geht's?
Mann: Gut, danke.
Hänny: Was suchen Sie hier? Wo wollen Sie hin?
Schweigen.
Hänny: Woher kommt eigentlich dieser verflixte Esel?
Wiederum Schweigen.
Hänny: Haben Sie nicht bemerkt, daß diese Insel der Schiffahrt im Wege liegt?
Mann: Nein.
Hänny: Darf ich bitte Ihre Papiere sehen?
Jüngling: Unsere Papiere sind nicht von dieser Welt.

Hierauf hat Wachtmeister Hänny offenbar einen Moment lang die Stirn gerunzelt und sich dann der Form halber nach den Namen erkundigt. Er hat die Antwort erhalten: Maria und Joseph.

Der Jüngling aber hat behauptet, Namen seien Schall und Rauch.

Soweit diese erste Begegnung mit den Fremden. Unsere Männer haben sich anschließend verabschiedet, nicht ohne darauf hinzuweisen, daß es die vorliegende Insel eigentlich gar nicht gebe, daß sie keinesfalls schon Schweizer Boden sei und daß sich die Refugianten doch bitte anderswo hinwenden möchten.

Damit hat unsere Fremdenpolizei eindeutig ihre Pflicht erfüllt. Wir können ja unmöglich auch noch Menschen von irgendwelchen imaginären Inseln aufnehmen.

Wie erinnerlich, war damit diese üble Geschichte keineswegs ausgestanden. Das Hüninger Riff lag nun einmal da, ein Riegel quer im Rhein. Niemand wußte, zu welchem Anrainer es gehörte. Klar war bloß, daß es möglichst schnell verschwinden mußte. Da das erst geschehen konnte, nachdem die Refugianten samt Esel entfernt waren (das gebietet unsere liberale Tradition), begann die interregionale Diskussion über die humanitären Zuständigkeiten.

Der Esel war das kleinste Problem. Sein Geschrei wurde von einem Boulevardblatt, das schon am Nachmittag des 28. Mai vor Ort war, so herzzerreißend geschildert (Asylantenfamilie auf Rheininsel quält Esel zu Tode), daß wir als die nächstliegenden Anrainer nicht umhin konnten, das arme Tier mittels Polizeiboot zu retten. Es stellt heute eine Hauptattraktion des Basler Zoos dar.

Ich will nicht verschweigen, daß ich bei dieser Tierevakuierung an vorderster Front zugegen war. Und ich muß sagen, es war happig. Die Frau, die sich Maria nennt, hat sich nämlich mit aller Kraft widersetzt. Sie hat erklärt, daß dieser Esel und nicht die Insel, auf der sie sich mit ihrem Clan befand – sie meinte natürlich das Hüninger Riff –, daß also ihre eigentlich Heimat der Eselsrücken sei, auf dem sie wohne, der sie und ihren Sohn von Land zu Land bringe. Daß dieser Rücken einem überaus gescheiten Tier gehöre, das viel wissender sei als sämtliche Polizisten der Welt. Daß sie auf alle diese Polizistenmänner pfeife und flöte und schalmeie, daß ihr alle diese Hinter- und Hampelmänner den Buckel runterrutschen könnten und daß sie das brave Tier keinesfalls hergebe.

Man muß wissen, daß sie eine liebliche Person ist, eindeutig südländisch aussehend zwar, fast arabisch, einen eigentümlichen Glanz um den Kopf ausstrahlend, aber durchaus anmutig. Sie muß eine persönliche Beziehung zum Esel gehabt haben. Der nämlich wollte partout nicht mit aufs Schiff kommen, es brauchte einige Gewalt unsererseits. Offenbar ist sie eine Nomadin, die mit solchem Vieh umzugehen weiß.

Der Jüngling hat unsere diesbezügliche Rettungsaktion übrigens mit den Worten quittiert, eher komme ein Esel in den Zoo, denn ein Schweizer ins Paradies.

Die drei Refugianten haben in der Folge gut anderthalb Monate auf dem Hüninger Riff verbracht, unter schwierigsten Bedingungen, das sei zugegeben. Aber wir konnten sie nicht gut evakuieren, bevor wir wußten, in welche Zuständigkeit sie fielen.

Als dann endlich klar war, daß das Riff zu je einem Drittel an die Schweiz, an Deutschland und Frankreich fiel, beschloß man, auch das Refugiantengut zu dritteln. Das ist kurz darauf geschehen, indem die Frau nach Baden-Württemberg ausgeschafft (beziehungsweise eingeschafft) wurde, der Mann ins nahe Elsaß und der Jüngling nach Basel. Dieses paritätische Vorgehen ist vom Jungen wiederum mit einem seiner äußerst merkwürdigen Sätze kommentiert worden, indem er meinte, wer nicht Vater und Mutter zu verlassen bereit sei, der werde nie ins Himmelreich kommen.

Selbstverständlich sind die Refugianten vor der Aus- beziehungsweise Einschaffung einer ärztlichen Untersuchung unterworfen worden, mit dem Befund, daß die Frau voller Sandflöhe war, der Mann voller Pusteln und der Jüngling voller Krätze. Diese Gebresten sind umgehend medizinisch behoben worden.

Wovon die Fremden die ganze Zeit gelebt haben, ist nie ganz klar geworden. Durst leiden mußten sie jedenfalls nicht, der Rhein ist ja wieder nahezu sauber. Feste Nahrung haben sie vor allem am Anfang ihres Aufenthalts auf dem Riff nicht regelmäßig zu sich genommen. Die Basler Fremdenpolizei hat gleich nach der ersten

Bestandsaufnahme die Weisung ausgegeben, das Füttern sei zu unterlassen, da keine Zuständigkeit bestehe. Desgleichen ließen sich die entsprechenden Ämter der anderen Anrainer vernehmen. Offenbar wollte niemand ein Präjudiz schaffen, das die Aufnahme aller drei nach sich gezogen hätte.

In der Folge hat die Geschichte eine Wendung genommen, die mit bestem Willen nicht vorauszusehen war. Wie in solchen Fällen leider üblich, hat sich nach wenigen Tagen eine eigentliche Fan-Bewegung gebildet, deren Mitglieder nichts Gescheiteres wußten, als in Weidlingen zum Riff zu fahren, die Refugianten mit Brot zu versorgen und dem Jüngling zuzuhören, wie er predigte. Dieser hat es trotz unserer eindeutigen Weisung, das Maul zu halten, nicht unterlassen können, seine merkwürdigen Sätze von sich zu geben und die unsinnigsten Sprüche zu klopfen. Sie sind uns selbstverständlich über Mittelsmänner zu Ohren gekommen, wir haben sie sinngemäß protokolliert. So hat er u. a. behauptet, der Mensch lebe nicht vom Brot allein. Auch hat er verlangt, man solle dem Kaiser geben, was des Kaisers sei, und dem Herrgott, was des Herrgotts sei. Um was für einen Kaiser es sich dabei handeln sollte, haben wir nicht herausgefunden. Auch an welchen Gott er gedacht haben könnte, wissen wir nicht. Nach dem gegenwärtigen Wissensstand kann immerhin ausgeschlossen werden, daß er Mitglied einer Landeskirche ist.

Da der Zulauf zur Insel von Tag zu Tag größer wurde, was die ohnehin schon auf eine schmale Fahrrinne beschränkte Schiffahrt in erhebliche Schwierigkeiten brachte, mußten wir, entgegen unserem Willen zu strikter Neutralität, wiederholt einschreiten. Wir sind jeweils mit dem baselstädtischen Löschboot Florian hingefahren, bereit, bei der ersten gewalttätigen Manifestation der auf dem Riff befindlichen Sektengemeinde aus allen Rohren zu spritzen. Damit wäre das Problem ein für alle Mal gelöst gewesen.

Leider ist es nie soweit gekommen. Der Jüngling hat nämlich seine Zuhörerschaft gewarnt, indem er sagte, man solle, wenn man auf die eine Backe geschlagen werde, auch noch die andere hinhalten. So blieb uns jeweils nichts anderes übrig, als die Angehörigen der Riff-Gemeinde (so nennen sie sich) mit eigenen Händen von der Insel auf den Florian zu tragen und bei der Schifflände oben wieder auf freien Fuß zu setzen. Ein Vorgehen, das äußerst unbefriedigend war. Denn am andern Tag saßen die Schwestern und Brüder bereits wieder in den Weidlingen.

Überhaupt scheint dieser fremde Schlingel trotz seiner Jugend ein durch und durch gefitzter Stratege zu sein. Er ist ein glänzender Redner, formuliert scharf und pointiert und liebt es, alte Weisheiten auf den Kopf zu stellen. So behauptet er u. a., daß die ersten die letzten sein werden. Daß, wer traurig sei, getröstet werden soll.

Wer arm ist, behauptet er, wird reich sein, da ihm das Reich Gottes gehören wird. Und nur Kinder können ins Himmelreich kommen.

Gern erzählt er wie ein Schriftsteller Geschichten, vor allem Märchen. Auch hier stellt er alles auf den Kopf. So hat er gesagt, ein Vater freue sich über einen mißratenen Sohn, der in der Welt herumlungert und abgerissen und verlaust nach Hause kommt, mehr als über einen braven Sohn, der immer schön zu Hause bleibt.

Verqueres Zeug also, aber es wirkt. Korporal Meury hat zu diesem Punkt gemeint, diese Denkweise sei nichts anderes als brillante Dialektik. Wir aber (und diese Ansicht herrscht im Corps eindeutig vor) glauben, solcher Unsinn sei eine Beleidigung jedes braven Bürgers.

Auch hat sich der jugendliche Refugiant zu klaren Drohungen hinreißen lassen. So hat er sich nicht entblödet, Basel mit dem alten Jerusalem zu vergleichen, und geweissagt, daß von unserer Stadt kein Stein auf dem andern bleiben werde.

Das sind nun eindeutig politische Aussagen, die für einen Flüchtling verboten sind. Aber da wir immer behauptet haben, er befinde sich nicht auf Schweizer Boden, hatten wir nicht die Handhabe zum Einschreiten.

Einmal hat er eine Aktion gestartet, die man als billigste Reklame bezeichnen muß. Sie ist von Wachtmeister Hänny, der sich mit Perücke und Sonnenbrille getarnt unerkannt unter die Riffler gemischt hatte, eidesstattlich bezeugt. Der Jüngling ist tatsächlich barfuß über die Wasseroberfläche des Rheins ans französische Ufer und zurück aufs Riff gewandert. Ein Trick, gewiß. Aber worin dieser Trick bestand, hat Hänny nicht herausgefunden.

Dieses Happening hat offenbar so überzeugend gewirkt, daß es Pieter van Aalen, der unter den Zuschauern war, auch versucht hat. Tatsächlich sei es ihm gelungen, so Hänny, sich einige Meter weit auf der Wasseroberfläche zu halten, sei dann aber schmählich versunken bis über den Kopf und habe sich nur dank kräftigen Crawl-Zügen aufs Riff zurück retten können. Daraufhin habe der Jüngling den Satz gesprochen: Der Glaube kann Berge versetzen.

Das zeigt nun die ganze gefährliche Dimension dieses jungen Mannes. Aufgepaßt, sage ich, meine Herren. In diesen Worten steckt politisches Dynamit. Denn was soll da eigentlich versetzt werden? Berge, behauptet der Refugiant. Was sollen das für Berge sein? Meint er vielleicht das Hüninger Riff, das als kleiner Berg bezeichnet werden kann? Ist er möglicherweise sogar der Urheber dieses Sperriegels? Hat er ihn etwa mit seinem Glauben mitten in den Rhein gesetzt?

Allgemein gilt: Wenn Berge versetzt werden, steht nichts mehr fest. Dann kippt alles um. Plötzlich sind in der Tat die ersten die letzten. Die Armen sind reich, und da nicht alle reich sein können, sind dann die heutigen Reichen plötzlich arm. Das ist Revolution, meine Herren, das kehrt das Unterste zuoberst. Daher meine große Sorge. Wir haben doch alle nichts gegen einen fremden Esel im Zoo oder gegen einen jungen Fremdling, der in einer unserer Gastwirtschaften Gläser putzt. Aber gegen solch aufmüpfiges Gedankengut müssen wir uns zur Wehr setzen.

Wir haben uns selbstverständlich nach der Herkunft der Refugianten-Familie erkundigt. Leider sind wir nicht abschließend fündig geworden. Die dunklen Punkte überwiegen. Wahrscheinlich scheint immerhin zu sein, daß die Leute ursprünglich aus dem vorderen Orient, vermutlich aus der Gegen des ehemaligen Palästina, kommen. Bewiesen ist das indessen nicht, es fehlen eindeutige Papiere. Wir haben versucht, uns in jener Gegend kundig zu machen, haben aber nur ausweichende Auskunft erhalten mit dem Hinweis, es gehe dort, was Papiere anbelange, alles ein bißchen drunter und drüber. Immerhin hat uns der Bürgermeister einer kleineren Kreisstadt mitgeteilt, sie hätten auch einmal einen jungen Prediger gehabt, der mit ähnlichen Tricks gearbeitet habe. Am besten sei es, damit sogleich abzufahren, und zwar radikal.

Fest steht, daß die Familie vor einigen Jahren wegen irgendeiner Jugendverfolgung – offenbar wurden die männlichen Nachkommen eines bestimmten Stammes umgebracht, um die Zeugungskraft zu zerstören – ausgewandert ist in den deutschen Sprachraum. Daher die Deutschkenntnisse.

Der Mann schien ein recht umgänglicher Mensch zu sein, der allerdings von einigem, wie er selber sagte, die Schnauze voll hat. Mehrmals hat er betont, er könnte sich alles eigentlich auch ein bißchen anders vorstellen. Insbesondere schien er einen heimlichen Groll auf seine Frau zu hegen, den Sohn betreffend. Aber richtig herausrücken wollte er nicht mit der Sprache.

Als Beruf gab er Zimmermann an. Er habe schwarz in einer Tischlerei gearbeitet, im Ruhrpott, sagte er, den Namen der Stadt nannte er nicht. Dort habe er Tag für Tag giftige Lackdünste einatmen müssen, was zu den Pusteln geführt habe. Als er deswegen vorstellig geworden sei, habe man ihn zum Teufel gejagt. Mehr war nicht aus ihm herauszupressen.

Immerhin schien er seinen Familienpflichten nachzukommen. Bei der Dreiteilung des Refugiantengutes hat er sich jedenfalls entschieden zur Wehr gesetzt, indem er Wachtmeister Hänny eine kräftige Ohrfeige verpaßt hat. Genützt hat ihm das natürlich nichts.

Die Ehefrau hat nur selten geredet. Offenbar ist das orientalische Art. Über ihre Herkunft hat sie gar nichts verlauten lassen. Sie sei die Mutter ihres Sohnes, sonst nichts.

Bei der Dreiteilung hat sie geschrien wie ein Tier und sich die Kleider zerrissen, was äußerst unpassend war. Die deutschen Kollegen haben sie sogleich behändigt und in eine warme Decke gehüllt, damit man ihre Blöße nicht sah.

Wir haben dann den Jüngling ins Asylantenauffanglager Otterbach gebracht. Dort hat er sich scheinbar gut eingelebt, hat sich tagelang meditativen Übungen hingegeben und zwischendurch mit einem Juden russischer Herkunft Schach gespielt. Dagegen haben wir ja überhaupt nichts, im Gegenteil.

Bis er dann eines Tages behauptet hat, er heiße Jesus und sei Gottes Sohn. Unsere Betreuer haben ihm das natürlich ausreden wollen, aber diese befremdende Vorstellung hat sich bei ihm zum eigentlichen Wahn ausgewachsen. Insbesondere hat er wieder angefangen, seiner Meinung in ausufernden Predigten Ausdruck zu geben, was er vorher eine Zeitlang unterlassen hatte. Sein offenbar orientalischer Drang, Geschichten zu erzählen, scheint stärker als jedes Verbot zu sein.

Er ging sogar noch einen Schritt weiter, indem er die These aufgestellt hat, nicht nur er selber sei Gottes Sohn, sondern alle Menschen, gleich welcher Herkunft, Religion und Hautfarbe, seien Gottes Kinder. Wer das glaube, der werde selig werden. Wer das aber nicht glaube, der solle verdammt sein. Himmel und Erde, sagte er, würden vergehen. Aber diese seine Worte würden nie vergehen. Er selber sei das Brot des Lebens, und wer nicht für ihn sei, sei gegen ihn.

Das mit den Kindern Gottes tönt ja schön und recht, obschon dies bedeuten würde, daß alle Menschen auf der Welt Geschwister wären. Das hätte allerdings schwerwiegendste Folgen, indem man sich unter diesen Umständen gegenseitig helfen, also z. B. die Ärmsten dieser Erde aufnehmen müßte. Das können wir uns bei unserer Überfremdung schlicht nicht leisten.

Schwerer wiegt indessen unserer Meinung nach die größenwahnsinnige Behauptung des Refugianten, er sei das Brot des Lebens. Er hat ja nicht einmal genug Brot für sich selber. Und die Verdammungs-Drohung ist schlicht unerträglich.

Fatalerweise hat er auch in diesem Auffanglager reichlich Zuhörer gefunden, obschon dort vor allem Leute aus islamischen Staaten einquartiert sind. Offenbar war es, wie Korporal Meury gesagt hat, die brillante Dialektik, die ihm Gehör verschafft hat. Jedenfalls ist es zu eigentlichen Verbrüderungen gekommen, ja zu regelrechten Komplotten, indem die Asylanten plötzlich unisono verlangten, als ganz normale Menschen behandelt zu werden, als unsere Schwestern und Brüder.

Als dann die Riffler, die lange ergebnislos nach der Bleibe ihres Predigers gefahndet hatten, offenbar durch eine Indiskretion aus unserem Corps (womöglich von seiten des Korporal Meury) seinen Aufenthaltsort herausfanden, brach das Chaos aus. Hordenweise betraten sie mit dem Hinweis auf die schweizerische Glaubens- und Versammlungsfreiheit das Areal, verbündeten sich mit den Asylanten, schlugen Tamburine und Zimbeln und sangen Halleluja. Der Topf drohte überzukochen, wir waren gezwungen, das Areal zu räumen.

Wie erinnerlich, haben wir damals unser ganzes Arsenal aufgefahren (Wasserwerfer, Tränengas, Gummischrot), konnten es aber wiederum nicht zum Einsatz bringen, da sich niemand zu einer Gewalttat hinreißen ließ, gegen die wir unser Gewaltmonopol hätten durchsetzen können. So mußten wir die Brüder und Schwestern, wie gehabt, einzeln hinaustragen. Wir hätten sie gern für einige Tage eingesperrt, hatten aber nicht die nötige Raumkapazität. Immerhin müssen sie mit einer Buße rechnen, was wohl umgehend auf juristisch fragwürdigem Winkelwege angefochten werden wird.

Um dem Spuk ein für allemal den Riegel vorzuschieben, haben wir den Prediger bei dieser Räumung sogleich behändigt und in die geschlossene Abteilung der Psychiatrischen Universitätsklinik Friedmatt gebracht. Diese Einweisung unterliegt Gottseidank dem Arztgeheimnis, was uns erlaubt, den Aufenthaltsort geheimzuhalten. Wie ich vertraulich erfahren habe, wurde der Refugiant dort umgehend ruhiggestellt. Sein letztes Wort sei eine Bitte an Gott gewesen, dem einweisenden Personal zu verzeihen, da es nicht wisse, was es tue.

Pieter van Aalen, der offenbar zum eigentlichen Hauptjünger des Predigers avanciert ist, haben wir nach Holland zurückschaffen müssen. Da er zu nächtlicher Stunde ins altehrwürdige Münster eingebrochen ist, die Kanzel bestiegen und fürchterlich gegen die »Verlogenheit der Landeskirchen« gewettert hat, die zu »Huren der Macht« geworden seien, mußten wir eingreifen.

Inzwischen soll er im grenznahen Schwarzwald aufgetaucht sein, wo er versucht, eine Riffler-Gemeinde aufzubauen, indem er die nahe Wiederkunft des Predigers, der entrückt worden sei, verspricht. Laut neuesten Berichten hat er regen Zulauf, auch aus unserer Stadt, was uns nur recht sein kann. Sollen die Deutschen ihn haben.

Wir fragen uns jetzt, was wir mit dem refugianten Jüngling anfangen sollen. Dauernd können wir ihn nicht im Tiefschlaf behalten, sonst kommt er uns noch um. Das wäre wohl die schlimmstmögliche Wendung der Geschichte, denn damit würde ein Märtyrer geschaffen. Tote Propheten leben, wie erinnerlich, länger.

Wir werden ihn demnächst aufwecken müssen, er wird uns auferstehn. Was dann geschehen wird, ist unschwer abzusehen. Er wird sogleich anfangen zu predigen, und zwar mitten in der Friedmatt. Aller Voraussicht nach wird er erklären, auch die Irren seien Gottes Kinder. Wer verrückt sei, sei selig usw. Und nur die Debilen würden ins Himmelreich kommen.

Wenn man sich vorstellt, daß die in Basel verbliebenen Riffler dank einer Indiskretion (Korporal Meury!) seinen Aufenthaltsort erfahren, daß sie Hosianna singend und jubilierend in die Friedmatt einbrechen und sich mit den Irren verbrüdern, dann ist der Umsturz da. Man male sich einmal aus, wie die vereinigten Horden der Friedmatt-Insassen und Riff-Fanatiker sich Richtung Innenstadt wälzen, wie sie Zuzug aus dem Lager Otterbach erhalten, wie die aufgeputschte Menge den Marktplatz überflutet, ins Münster einbricht und auf der dortigen Kanzel den refugianten Prediger als König der Basler inthronisiert, Sodom und Gomorrha! Insbesondere ist zu befürchten, daß die stadtbekannten Fasnachtstrommler aus den versteckten Gäßchen und Beizen der Altstadt hervorbrechen und, Weihnachtsmärsche intonierend, die Brücken ins Kleinbasel hinüber besetzen, daß Pieter van Aalens Schwarzwald-Riffler die Grenzposten überrennen und via Claraplatz Richtung Mittlere Brücke vorstoßen, daß die im Raume Folgensbourg (Elsaß) entstandene Riff-Gemeinde sich ebenfalls in Marsch setzt, um sich mit den Asylanten, Irren und Fasnachtstrommlern zu einer orgiastischen Weihnachtsfeier zu vereinigen.

Diesem Schreckensszenario muß mit allen Mitteln vorgebeugt werden. Es erscheint uns unumgänglich, daß der Refugiant verschwinden muß. Denn solange er lebt, wird er predigen, und solange er predigt, werden Schwestern und Brüder herbeiströmen.

Wir denken in erster Linie an ein sanftes, aber eindeutiges Entschwinden. Am besten würde sich nach unserem Dafürhalten eine saubere Entrückung eignen, wie es ja bereits van Aalen insinuiert hat. Nur müssen wir leider eingestehen, daß wir in keiner Weise auf so eine Maßnahme vorbereitet sind. Es stellt sich die Frage: Wie ist so etwas zu bewerkstelligen? Wie entrückt man jemanden?

Wir bitten Sie, hoher Regierungsrat, uns wenn immer möglich diesbezüglich zu instruieren, und grüßen Sie hochachtungsvoll.

II

Die Nachbarin

Die Meisen sind weg, sagt sie, weggeflogen in den Wald. Es ist ihnen zu kalt geworden in der Stadt.

Sie steht jenseits des Gitters, das die beiden Hinterhöfe trennt, als ob sie auf mich gewartet hätte.

Im Sommer gibt es Kohlmeisen hier, sagt sie, und Blaumeisen. Haben Sie das gewußt?

Ich nicke.

Meisen fressen nicht gern auf dem Boden, erklärt sie, sie wollen sich an einen Zweig hängen und picken. Im Sommer schaukeln sie an der Birke, aber jetzt sind sie weg.

Ich schaue zur Birke hinüber, die in der Kälte steht, und ich spüre, wie ich friere.

Die Frau hat ein Gesicht wie ein sechzigjähriges Mädchen. Keinen Moment nimmt sie die Augen von mir weg. In den Händen hat sie einen halbleeren Sack mit Vogelfutter, ihre Füße stecken in gefütterten Filzpantoffeln.

Das dort am Haselbusch, sagt sie, das ist der Wassernapf meines toten Wellensittichs. Ich fülle ihn jeden

Tag mit heißem Wasser, aber niemand will trinken. Es gefriert zu schnell.

Ich betrachte den kleinen Plastikbehälter, der an einen armdicken Stamm gebunden ist. Eigentlich habe ich nur den Schnee von der Kellertreppe räumen wollen, aber das Mädchengesicht hält mich fest.

Der Hof ist wie ein Stück Waldrand. Die Büsche stehen gebeugt unter dem Schnee. Auf der Birke lärmen Vögel.

Die kommen aus Sibirien, sagt sie, es steht in der Zeitung. Sie kommen hierher, weil es in Sibirien noch kälter ist. Sie haben rote Bäuche. Ich habe ihnen Futter gestreut, aber sie sind scheu.

Ihr Haar ist grau, ihr Blick reglos. Warum habe ich sie noch nie gesehen? Bestimmt sitzt sie den ganzen Tag am Fenster und schaut hinaus, ob jemand zu ihr kommen will.

Ich kenne Sie, sagt sie, Sie wohnen in diesem Haus da im obersten Stock, und Sie gehen jeden Morgen in die Wirtschaft, um Zeitung zu lesen. Stimmt's?

Ich nicke wieder und bin plötzlich verlegen. Sie strahlt fast ein bißchen, ihre Augen sind einen Moment lang in Bewegung.

Schauen Sie, sagt sie und zeigt zum Gartentisch hinüber, der unter der Birke steht, sie kommen.

Auf der Lehne der Gartenbank sitzen tatsächlich zwei Vögel mit roten Bäuchen. Sie drehen die Schnäbel nach links und nach rechts, und einer hüpft mit kurzem Flattern auf den Tisch hinüber. Dort liegt Futter, und wir schauen zusammen zu, wie er drauflospickt.

Weiss wie Schnee

Als ich gestern abend mein Büro verließ, schneite es. Fingerbeergroße Flocken wirbelten herunter, nasse Fetzen. »Leintücher« hatten wir sie früher genannt, wenn wir auf der Straße standen mit aufgesperrtem Mund und warteten, bis uns eine Flocke in den Mund tanzte. Meist fiel sie daneben, auf die Wange oder auf ein Auge, und erschrocken wischten wir den kalten Fleck weg. Aber sogleich schauten wir wieder hinauf ins kompakte Flockengeschiebe, der Himmel war verschlossen mit einer tiefen Flaumdecke, und das war schön.

Ich ging unter den dunklen Kastanienbäumen durch das Schneetreiben heimzu. Die Baumrinden glänzten. Der Boden war naß, Straße und Trottoir waren noch zu warm, als daß der Schnee hätte Fuß fassen können. Auf der Kreuzung vorn standen die Autos mit eingeschalteten Scheinwerfern, die Scheibenwischer drehten, die Motoren entließen dünnes Gas.

Rechts in der Einbahnstraße, die nur zum Parken benutzt wird, sah ich drei Mädchen mit Schulranzen am Rücken. Sie hatten ihr Gesicht gegen den Himmel erhoben, die Arme hielten sie ausgestreckt wie Vogelscheuchen im Schneefall, ihre Münder standen offen.

Plötzlich schrie eine auf und griff sich mit der Hand an die Stirn. Offensichtlich war dort eine fingerbeergroße Flocke gelandet, und lachend putzte sie den nassen Fleck weg. Sofort gaben auch die beiden andern ihre andächtige Stellung auf. Sie lachten zu dritt, sie tanzten herum, dann stellten sie sich wieder hin, das Gesicht nach oben gewendet, die Arme ausgestreckt, wartend auf ein kaltes Leintuch.

Ich blieb stehen und hielt die linke Hand waagrecht vor mich hin, die Außenseite nach oben. Es ging ziemlich lang, aber plötzlich fiel eine luftige, aus mehreren Teilen zusammengesetzte Flocke auf meine Hand. Ich schaute ihr zu, wie sie in sich zusammenschmolz. Es dauerte nur ein paar Sekunden, dann lag ein kleiner Tropfen auf meiner Hand. Ich leckte ihn auf, er schmeckte nach nichts. Ich ging weiter bis zum Zebrastreifen und wartete mit den anderen auf eine Lücke in der Autokolonne, die im Schrittempo vorbeiglitt.

Weiter vorn, als ich schon vor dem Haus stand, in dem ich wohne, kam mir die Schneeflocke in den Sinn, die auf meiner Hand geschmolzen war. Sie war weiß, weiß wie Schnee. Und mit einer plötzlichen Freude öffnete ich die Haustür.

Winterland

Ein Mann geht über Land, mit weit ausholenden Armen, den Rumpf gebeugt. Er achtet auf den Boden, wohin er die Füße setzt. An einigen Stellen liegt Rauhreif, Eis bedeckt die Löcher im Weg. Es knistert beim Auftreten, es knackt. Anderswo scheint die Sonne hin. Dort ist es matschig, und der Fuß findet keinen Halt.

Rechts liegt ein gepflügter Acker. Das Erdreich ist aufgerissen, armlange Erdschollen sind übereinandergeschichtet. Kiesel leuchten daraus hervor, wenn die Sonne sie trifft. Im Sommer steht hier der Mais mannshoch. Im Herbst glänzen die Kolben aus den braunen Blättern. Jetzt ist der Acker leer. Keine Krähe hockt darauf, keine Amsel, kein Spatz.

Drüben am Horizont rollt ein roter Traktor, er pflügt. Die eine Seite der Pflugschar fährt durch den Boden, die andere glänzt in der Luft. Der Fahrer sitzt in einer Kabine. Er schaut geradeaus der Furche entlang.

Der Mann erreicht den Wald. Er watet durch dürres Laub. Einige Blätter sind am Boden festgefroren. Sie brechen entzwei, wenn der Schuh sie trifft. In den Spuren, die die Traktorräder in den Boden gedreht haben, liegt das Eis fingerdick. Beim Aufsetzen des Absatzes zersplittert es in handgroße Schollen.

Der Mann keucht. Sein Atem dringt wie Nebel aus dem Mund. Er folgt der Traktorspur, er geht an den dikken Buchen vorbei, deren Rinde grau schimmert. Einmal knackt es im Unterholz. Er hält an und wartet. Als sich nichts rührt, kein Hase, kein Reh, geht er weiter. Er hört seine Schritte auf dem harten Boden.

Später betritt er das Dorf. Er riecht den Duft vom silierten Mais, der in den Tennen lagert. Die Tiere liegen in den Ställen mit weißen Eutern, wiederkäuend, rasselnd mit den Ketten. Ein Bauer steht inmitten von Brennholz, das er zu handlichen Scheiten spaltet. Er legt das Beil hin und ruft etwas herüber. Zu verstehen ist es nicht.

Der Mann betritt ein Haus. Er geht durch den Gang in die Stube und schiebt zwei Scheite in den Ofen. Dann stellt er sich ans Fenster.

Die Wiese draußen liegt im Sonnenlicht. Er sieht den Birnbaum, in dessen Schatten sich der Rauhreif hält, den Zwetschgenbaum und den Holzhaufen, den er im Frühjahr anzünden wird. Der Garten ist lichtdurchflutet, das Haus hält die Bise fern. Es ist warm dort draußen, und neben dem Holzhaufen, er sieht es genau, tanzen Mücken im Licht.

Der Vogel

Ich kenne ihn seit Jahren. Immer in den Wintermonaten hockt er im Geäst der Stechpalme vor dem Haus nebenan, schwarz mit gelbem Schnabel, ein Amselmann. Man sieht ihn kaum, aber man hört ihn. Er singt den ganzen Tag leise vor sich hin, ob's regnet oder schneit, er versucht zu flöten.

Als ich ihn zum ersten Mal hörte, habe ich meinen Ohren nicht getraut. Was sollte das Gezwitscher, tief im Winter? Warum so leise, fast nebenbei, als ob es gar kein richtiger Gesang sein sollte?

Ich stand auf dem Trottoir, vor mir der Eisenhag, dahinter die Stechpalme, darin der Vogel. Er hielt sich offenbar für unentdeckbar, geschützt durch die immergrünen Blätter. Er hat gesungen, als ob ich geträumt hätte.

Er hockt immer dort zur kalten Zeit, wenn ich vorbeigehe, meist übertönt von den Autos, die vorbeirollen. Es ist ein guter Platz, an dem er überwintert. Der Busch ist voller roter Beeren. Die frißt er alle auf, eine nach der andern, im Frühjahr ist keine mehr da.

Ich frage mich, warum er überhaupt zu singen versucht. Ich würde ihm raten, sich still zu verhalten, er muß zu dieser Jahreszeit kein Revier verteidigen, und zu jubeln gibt es auch nichts. Sein Flöten verbraucht nur Energie. Er ist wohl verhaltensgestört.

Ich höre ihn jeden Morgen, wenn ich meine Wohnung verlasse, ich achte auf seine Töne. Manchmal pfeife ich zurück, dann hört er sogleich auf. Vermutlich bin ich der einzige Mensch, der ihn kennt.

Im Frühjahr, wenn die Tage wieder länger werden und die Stechpalme leer gefressen ist, ist er nicht mehr zu sehen. Ich weiß nicht, wohin er dann fliegt, vielleicht auf ein Dach der Mietshäuser ringsum. Dort hockt er auf einer Fernsehantenne, wenn die Sonne aufgeht, und jubiliert in den Himmel hinein. Ich höre ihn, wenn ich aus einem Morgentraum erwache.

In der Niemandszeit

Er war in einem dunkelgrauen, kaum erkennbaren Fischgratmuster gewoben. Er war zweireihig und in der Taille eingenommen. Hinten hing ein Gürtel, dessen braungefaserte Knöpfe man aufknöpfen konnte, ohne daß das irgend etwas geändert hätte. Das Stolze daran waren die beiden Kragenenden. So mußten die Ohren einsamer Elche im finnischen Winter aussehen: überdimensioniert, kalte Luft schaufelnd, elegant. Meine Mutter hatte an das eine Ende einen Knopf und ans andere die dazugehörende Öse genäht, und so konnte ich bei allzu steifem Gegenwind den Kragen zuknöpfen.

Natürlich war er absolut unzeitgemäß. Aber es war mein erster Mantel, und ich war 18. Mein Vater hatte ihn getragen, als ich ein kleines Kind gewesen war. Danach hatte er jahrelang im Elternkasten gehangen, bis ich ihn entdeckt und aus der dichtgedrängten Reihe herausgerissen habe. Ich probierte ihn sogleich vor dem Spiegel an. Er war mir nur ein bißchen zu groß.

Es lachte mich niemand aus, als ich am anderen Morgen in ihm zur Schule ging. Der Ernst, mit dem ich ihn trug, erdrückte jeden Spott.

Es ist die graue Zeit zwischen Winter und Frühjahr: eine gute Zeit, wenn man unter verschneiten Tannen spazierengeht. Eine Niemandszeit, wenn man in einer Stadt sitzt wie dieser, durch die die Autokolonnen schleichen. Außer diesen Maschinen ist nichts zu sehen, was sich bewegt, kein Bein, kein Arm, kein Elch. Und oben hängt der Nebel.

Es wäre gut, in einem fischgratgrauen Mantel zu stecken, der links und rechts Taschen hat fast bis zu den Knien hinunter. Man füllt sie mit Baumnüssen als Notzehrung und steigt hinunter in die verschmierte Straße. Wenn von der Kreuzung vorn ein kalter Wind bläst, nimmt man die Hände aus den Taschen, stellt sich kurz in einen Hauseingang, klappt den Kragen hoch und knöpft ihn zusammen. So geschützt und eingeelcht kann man getrost weiterziehen die Straße hinunter zur Stadt hin.

Der Kinderwagen

Für meinen Sohn Samuel

Der Raum ist überheizt. Die beiden Männer jenseits der kugelsicheren Scheibe arbeiten im bloßen Hemd. Der Jüngere trägt den Kragen offen, die Krawatte baumelt lose über der Brust. Die Kunden haben dafür Verständnis, schließlich sind es gut und gern 24 Grad hier drin.

Wir stehen in zwei Schlangen vor den beiden horizontalen Öffnungen, die im zweifingerdicken Glas ausgespart sind. Durch sie schieben die Beamten Quittungen und Geld heraus. Ich weiß, daß der Ältere einen Wohnwagen in Kandersteg besitzt. Sein Gesicht ist braun gebrannt.

Die Dame vor mir trägt einen beigen Übergangsmantel. Ich höre ihr zu, wie sie 700 Franken verlangt. Sie sagt es verschämt, kaum hörbar, als ob sie etwas Unanständiges haben möchte. Gern, sagt der Beamte und geht zum Computer, wo er die Kontonummer eintippt. Er tut das mit erstaunlicher Präzision, er läßt seine Finger auf die entsprechenden Tasten fallen, als ob es ein lustvolles Spiel wäre. Dann schaut er gelangweilt auf ein farbiges Kalenderblatt an der Wand, auf dem in leichtem Nebel das Schreckhorn zu sehen ist.

Draußen ist Aprilwetter, wir Kunden tragen alle Übergangskleidung. Die Hitze im Raum stört uns nicht. Wir werden nicht so lange warten müssen, daß wir zu schwitzen anfangen.

Jetzt brummt der Computer, er gibt ein Geheimnis preis. Die Dame darf ihr Geld beziehen. Der Beamte zählt sieben neue Hunderterscheine ins Kundenfach und ordnet sie mit gekonnter Bewegung zum einwandfrei geschichteten Bündel. Er schiebt es durch die Öffnung, unbestechlich, sachlich. Die Dame scheint sich nicht zu freuen über die Scheine, sie nimmt sie, ohne zu lachen. Niemand sagt ein Wort.

Plötzlich wird die Tür geöffnet. Ein fünfjähriger Knirps stemmt sich dagegen, damit sie nicht wieder zurückschwingt. Eine Frau mit hellen Haaren bemüht sich, einen Kinderwagen hereinzuschieben. Es gelingt ihr nicht, sie müßte zwei Stufen überwinden. Die Metalltür ist für den Fünfjährigen zu schwer, sie drückt gegen den Kinderwagen, der schräg auf den Stufen steht. Wir alle schauen zu, wie sich der Kleine bemüht, den Eingang für seine Mutter offenzuhalten. Es ist klar, daß er es nicht schaffen kann. Warum läßt die Frau den Kinderwagen nicht draußen?

Ein Mädchen aus der Schlange nebenan geht zur Tür und hält sie mit der einen Hand auf. Mit der anderen hilft sie, den Kinderwagen hereinzuziehen. Die Mutter lächelt kurz, es ist eher ein Nicken. Offensichtlich geniert sie sich. Aber sie muß Geld abholen, und sie will ihr kleines Kind nicht draußen liegen lassen.

Endlich steht der Wagen im Kundenraum, die Tür schlägt zu. Unter einer handgestrickten Wolldecke liegt ein Säugling. Die Mütze bedeckt beinahe seine Augen. Aber er hält sie offen und starrt in die Welt. Was er sieht, sind ungläubige Gesichter, die sich jetzt wieder dem Panzerglas zuwenden.

Im Café und auf der Strasse

Im Café an der Ecke sind Hunde gern gesehen. Ein Napf mit Wasser steht am Boden. Daneben liegt Trockenfutter. Wer vierbeinig hereinkommt, geht hin, lappt ein bißchen, frißt ein bißchen, knurrt ein bißchen.

Die Tiere sind klein, nicht größer als ein Huhn. Einige sind geschoren. Andere haben von Natur aus kurzes Haar. Keines scheint gefährlich zu sein. Aber alle schauen übertrieben frech in die Welt.

Es sind die Lieblinge älterer Frauen. Diese finden sie herzig. Einige sind an die Leine gebunden. Sie schauen zu Wassernapf und Trockenfutter hinüber. Sie möchten hingehen, lappen und fressen. Sie bellen plötzlich und steigen auf die Hinterbeine, bis ein kräftiger Ruck an der Leine sie zur Ruhe bringt. Dann legen sie sich hin, man hört ein leises Winseln.

Auch die Frauen möchten gern essen. Sie schauen zu den Kuchen hinüber, die auf einem Tisch ausgestellt sind. Man sieht ihnen an, daß sie entschlossen sind, heute nichts Süßes zu sich zu nehmen. Man sieht auch, wie diese Entschlossenheit schwindet. Sie bestellen ein Stück Erdbeertorte. Erdbeeren sind gesund.

Fast alle sind dick. Sie haben nicht die schwere Massigkeit von Bäuerinnen, die den ganzen Tag arbeiten. Sie sind von einer weichen, unglücklichen Dicke, wie Frauen, die nichts weiter zu tun haben, als ihren Hund auszuführen.

Mich mögen die Köter nicht. Sie bellen, wenn ich hereinkomme, sie knurren und blecken die Zähne. Wenn ich zurückschimpfe, fällt ein Frauenchor über mich her.

Ich nehme meine Kaffeetasse und setze mich ans Tischchen draußen auf dem Trottoir. Autos gleiten vorbei. Drüben unter der Platane plätschert ein Brunnen, ruhig, kühl.

Vier Frauen kommen die Straße herauf in einer Reihe, sie haben sich eingehängt. Es sind Ausländerinnen, Bäuerinnen vielleicht aus dem Hochland Anatoliens. Die Großmutter trägt ein weißes Tuch um den Kopf. Die Tochter daneben stößt einen Kinderwagen, eine vierzigjährige starke Frau. Zu beiden Seiten gehen Töchter im Schulmädchenalter im gleichen geblümten Kleid. Ihre Blicke sind fest geradeaus gerichtet. Wer ihnen entgegenkommt, muß Platz machen. Sie selber weichen nicht. Sie gehen, als würde der Marsch tagelang dauern.

Beim Brunnen drüben bleiben sie stehen. Die Großmutter schiebt ihre Ärmel zurück, und die drei andern schauen zu, wie die alte Frau ihre Arme ins Wasser taucht.

Mattensalat

Erst muß ich warten, bis die Ampel auf Grün umschaltet. Dann pedale ich los. Schwere Laster von der Mulden-Zentrale rollen an mir vorbei. Sie führen den Bauschutt der Stadt in die leeren Kiesgruben jenseits der Grenze. Ihr verrostetes Gußeisen drückt mich in den Rinnstein. Man muß aufpassen, daß man nicht überfahren wird hier.

Später in der Hegenheimerstraße läßt der Verkehr nach. Dies ist keine Ausfallstraße. Nur eine Straße ins Elsaß.

Elsaß kommt von Elend. Und das Elend meint ursprünglich die Fremde. Für die rechtsrheinischen Alemannen saßen die Fremden jenseits des Flusses. Das heißt im Elsaß.

Der Schweizer Zoll ist bemannt, wie es sich gehört. Ein junger Mann in Uniform sitzt hinter dem Fenster. Er verzieht keine Miene, als ich vorbeifahre, er winkt mir nicht. Das französische Zollhäuschen ist leer. Also halte ich nicht an, ich habe nichts zu verzollen.

Rechts liegen die Gruben. Auf ihrem Grund glänzt das Wasser. Dort wohnen die Frösche und Reiher. Die

Motoren der Laster heulen auf, wenn sie die steilen Rampen hinunterfahren. Die Weiden blühen unglaublich gelb. Es ist eindeutig Frühling geworden.

Ich trete langsamer in die Pedale. Eigentlich wollte ich nur an den Stadtrand fahren. Aber jetzt zieht es mich weiter.

Die Laster bleiben zurück. Die Chauffeure sind schließlich nicht zum Vergnügen unterwegs wie ich. Die Pneus summen leise.

Hegenheim liegt in der Sonne. Es wirkt seltsam leer. Noch ist nichts für den Sonnenschein eingerichtet. Keine Bank steht draußen, keine Schwalbe hängt am Himmel. Aber am Dorfausgang blühen Bachbumbeln und Schlüsselblumen am Wasser.

Die Straße wird steil, ich steige ab und schiebe. Wohin will ich eigentlich? Nur vorwärts, nur weiter.

Eine Frau kommt mir entgegen, sie trägt einen Korb. Warm heute, sagt sie und bleibt stehen. Sehr warm, sage ich, fast zu warm für die Jahreszeit. Ja, sagt sie, und noch ist der Seppentag nicht vorbei. Seppentag? frage ich. Ja, sagt sie, der Tag des heiligen Joseph am 19. März. Aber der Schnee kommt schon noch. Anno 1930 hat's auch erst im April geschneit. Den ganzen Winter nicht, aber dafür im April. Sie schaut mich besorgt an, ich schaue besorgt zurück. Dann zeigt sie in ihren Korb, in dem junger Löwenzahn liegt. Es gibt schon Mattensalat, sagt sie, ich habe schon drei Mal geholt.

Ihr Gesicht hat sich aufgehellt, offensichtlich mag sie Mattensalat. Das ist ein guter Moment zum Abschied. Wir nicken uns zu, und ich schiebe das Velo weiter.

Am Eingang des nächsten Dorfes steht links am Bach ein großer, weißer Wohnwagen. Davor kniet einer im Gras, vor sich einen halbfertigen Weidenkorb. Daneben hat er ein Bündel Weidengerten liegen. Eine hält er in den Händen. Er flicht sie langsam um die fingerdicken Ruten, die das Gerüst des Korbes bilden. Die Sonne scheint darauf und läßt die rote Rinde aufleuchten.

Ein Fliederbusch

Die Straße ist leer. Es ist Sonntagmorgen. Die Häuserfront gegenüber steht ohne Licht. Die Leute liegen in den Betten und schlafen. Nur der Himmel ist hell. Ein fahles Grau hängt dort oben, wolkenlos, rein.

Ich sitze auf dem Mäuerchen vor dem Augenspital und warte auf jemanden, der mich abholen wird. Wir werden durch die leere Stadt hinausfahren in die Hügel, wir werden die Sonne aufgehen sehen.

Eine Amsel hockt hinter mir im Rasen und hackt in den Boden. Dann zerrt sie an einem Wurm, bis er zerreißt. Eine andere sitzt gegenüber auf einem Giebel und singt.

Sonst sind zu hören: das Gurren von Tauben, das Pfeifen einiger Spatzen, das Surren eines Flugzeugs, das Plätschern des Brunnens vorne auf der Kreuzung.

Die Büsche in den Vorgärten gegenüber sind dunkel. Es sind Eiben, Thujabäume und Stechpalmen: Trauergewächse, als ob sie über Gräbern wüchsen. Rotbrüstchen nisten dort drin, Meisen und sogar ein Zaunkönigpaar. Sie leben hier, ohne aufzufallen, sie stören nicht.

Links gegen die Kreuzung hin blüht ein Flieder. Die

lila Blüten sind schwach erkennbar. Wer hinginge, der würde ihren Duft riechen.

Ein Moped fährt heran. Sein Knattern ist zu hören, lange bevor das Gefährt zu sehen ist. Dann taucht es auf rechts im Blickfeld. Ein Mann sitzt darauf, dick, bewegungslos, ein Familienvater, der wie versteinert vorbeirollt.

Die Amsel auf dem Giebel hat zu singen aufgehört. Sie sitzt nicht mehr dort, das Dach ist leer. Der Himmel darüber ist eine Spur heller geworden. Aber noch ist es empfindlich kühl.

Der Brunnen plätschert jetzt seltsam laut. Das Geräusch scheint die Straße zu füllen. Aber vermutlich ist seltsam bloß die Stille, die über dem Morgen liegt, das Licht, das von oben in die Straße fällt.

Gegenüber im Parterre geht plötzlich ein Fenster auf. Ein junger Mann erscheint im Rahmen neben dem Fliederbusch. Er schaut in den Himmel hinauf. Dann dehnt er den Oberkörper und gähnt. Er wartet, vielleicht hört er den Brunnen plätschern. Langsam greift er in den blühenden Flieder, bricht einen Ast ab, nimmt ihn vors Gesicht und riecht, wie die Blüten duften.

Das Mädchen am Weiher

Die Vorgärten, die sich in dieser Straße den Häusern entlangziehen, stammen aus dem 19. Jahrhundert. Sie sind drei Meter breit. In ihnen wachsen Rosen und Buchsbäume. Manchmal stehen auch griechische Amphoren aus gebranntem Ton da, die mit steinharter Erde gefüllt sind. Aus ihr wächst nichts mehr, aber bestimmt blühten hier vor Jahrzehnten Tulpen und stinkende Hoffart.

Diese Vorgärten sind verkommen wie vieles im Quartier. Einst erlabten sich abendliche Spaziergänger am Duft, der aus ihnen aufstieg. Jetzt kämpfen Autofahrer um einen freien Raum am Rande des Trottoirs. Man kann schließlich seinen Wagen nicht auf der Fahrbahn parken. Und in die Vorgärten hineinfahren kann man auch nicht. Halbmeterhohe Mauern aus Kalkstein verhindern das.

200 Schritte Richtung Stadt steht links ein zweistöckiger Riegelbau. Er ist kaum zu sehen, so versteckt ist er im Grünen.

Wer nichtsahnend vorbeigeht, sieht plötzlich Büsche über das Trottoir hängen. Man traut seinen Augen nicht und bleibt stehen. Die Büsche sehen aus wie ein Waldrand. Man atmet tief ein. Und tatsächlich riecht es nach frischen Blättern, feuchter Erde, nach Jugend. Man schaut auf die Eiben, Thujabäume, Haselbüsche, als wären sie unwirklich wie eine Fata Morgana in der Wüste. Aber nein, das Grün ist wirklich. Man hört Vögel pfeifen, und von irgendwoher plätschert es. Neugierig sucht man eine Lücke im Dickicht, um einen Blick aufs geheimnisvolle Grundstück zu werfen. Man findet eine solche Lücke, und man sieht etwas Ungeahntes. Dort liegt ein kleiner Weiher, in den Wasser tropft. Meterhohe spitze Blätter wachsen daraus hervor. Das muß etwas Lilienartiges sein, das muß im Sommer gelb oder blau blühen.

Daneben öffnet sich eine Wiese. Es ist eher eine Lichtung, beschattet von kühlen Blättern. Auf ihr liegt etwas Wunderbares: Ein Mädchen mit langen, blonden Haaren liegt dort in einem Liegestuhl und liest.

Der Mann im Garten

Es ist eine Stunde vor Mittag. Die Sonnenstrahlen fallen schräg auf das Trottoir. Die Straßenseite gegenüber liegt noch im Schatten.

Der Antiquar hat eine Kommode vor seinen Laden gestellt. Er hat sie abgelaugt, jetzt trocknet sie an der Sonne. Die Schubladen sind steil an die Mauer gelehnt, das Tannenholz leuchtet im Licht.

Die Tür der Wirtschaft an der Ecke steht offen, der Wirt will die Sonnenwärme hereinlassen. Drinnen ist es dunkel, Rauch hängt in der Luft. Am Stammtisch rechts sitzen drei Männer. Zwei trinken Bier, der dritte hat eine Kaffeetasse vor sich stehen. Es sind Handwerker. Sie können sich die Arbeitszeit selber einteilen. Im Moment haben sie sich nichts zu erzählen, sie schweigen.

Die Tische sind bereits gedeckt. In einer Stunde wird es hier voll sein. Die Frau, die hinter dem Schanktisch Gläser spült, wird gefüllte Teller vor die sitzenden Männer stellen, und man wird laut reden müssen, wenn man sich Gehör verschaffen will.

Ich bestelle Milchkaffee, ziehe die zusammengerollte Zeitung aus dem Tresen und gehe durch den Wirtsraum in den Garten hinaus. Unter den Kastanienbäumen stehen rote Tische. Ich setze mich und schlage die Sportseite auf. Aarau hat im Halbfinale gewonnen, das will ich nachlesen.

Am Tisch nebenan sitzt ein alter Mann. Ich kenne ihn vom Sehen. Er trinkt jeden Morgen um diese Zeit einen Zweier Roten. Wir haben noch nie zusammen geredet. Ich habe auch noch nie erlebt, daß er mit jemand anderem ein Gespräch geführt hätte. Offenbar ist er scheu.

Jetzt aber merke ich, wie er sich entschließt, etwas zu sagen. Er macht sich Mut, das spüre ich, ohne aufzuschauen. Es muß dieser warme Maimorgen sein, der ihn zum Reden bringt. Entschuldigung, sagt er, und ich schaue ihn an. Ich will nicht stören, sagt er, aber Aarau hat doch 3 zu 1 gewonnen. Stimmt, sage ich, es ist eine Teilaufzeichnung davon im Fernsehen gezeigt worden, gegen 23 Uhr. Das ist für mich zu spät, sagt er, um diese Zeit ist der Karli schon im Bett.

Er scheint dauernd vor sich hinzulachen, aber in Wahrheit lacht er nicht. Es ist sein künstliches Gebiß, das seinem Gesicht diesen verblödeten Ausdruck gibt. Er trägt ein weißes Hemd mit Krawatte, und seine schwarzen Schuhe sind tadellos geputzt.

Entschuldigung, sagt er, aber die Zeitung habe ich schon gelesen. Ich lese sie immer beim Frühstück. Ich sitze am Tisch. Rechts steht die Kaffeetasse, links liegt die Zeitung. Das ist mein Morgenessen. Deshalb weiß ich auch, wer gewonnen hat.

Ich schaue in die Kastanienbäume hinauf. Der Himmel ist kaum mehr zu sehen. Die Blätter haben sich noch nicht ganz entfaltet. Aber die Blütenkränze stehen senkrecht empor.

Gestern kam kurz nach acht ein Krimi, sagt der alte Mann. Ich habe zugeschaut, bis sie ihn erwischt haben. Dann habe ich ausgeschaltet und bin schlafen gegangen. Aber lesen Sie nur weiter, ich will nicht stören.

Sie stören nicht, sage ich, reden Sie nur weiter. Doch, doch, sagt er, ich störe. Aber am Nachmittag bin ich dann wieder ruhig. Er wartet und schaut mich an. Wissen Sie, fährt er weiter, ich kann nicht mehr bis mitten in die Nacht aufbleiben. In meinem Alter geht man gern früh ins Bett.

Diesen Satz findet er komisch. Er lacht über das ganze Gesicht, es schüttelt ihn richtig, und ich lache mit.

Ja, ja, sagt er dann, so ist das. Wir schweigen beide. Lesen Sie nur weiter, sagt er nach einer Weile, man muß schließlich wissen, was geschieht.

Die Frau im Parterre

Sie wohnt zu ebener Erde am Ring, und sie weiß meinen Namen. Meist steht sie am offenen Fenster und schaut den Autos zu, die vorbeifahren. Fußgänger betrachtet sie mit Zurückhaltung. Im allgemeinen scheint sie sich nicht gern zu unterhalten.

Die Grundmauern des Hauses, in dem sie zur Miete ist, bestehen aus präzis zugeschnittenen Granitblöcken. Sie kommen aus dem Tessin, herausgesprengt in einem heißen Steinbruch, angebohrt mit Preßluft und zerteilt mit Stahlkeilen. Ein Lastwagen hat sie ins Tal gebracht. Die Bahn hat sie übernommen und durch die Alpen transportiert. Jetzt liegen sie hier, und auf ihnen ruht das Haus.

Der Granit macht sich gut in dieser Straße. Der hiesige Sandstein ist viel zu wenig widerstandsfähig für die heutige Zeit. Der Granit hingegen liegt glashart da, Kante an Kante. Kein Millimeter bröckelt. Diese Grundmauern sind gebaut für die Ewigkeit.

Die Frau grüßt jedes Mal, wenn ich vorbeigehe. Offenbar hat sie mich zu ihrem Nachbarn erkoren. Sie redet über das Wetter und vielleicht noch über Afghanistan, wo die Rebellen ein Dutzend Lastwagen in Brand geschossen haben. Das Fernsehen hat darüber berichtet und auch über die Autobombe, die in Beirut explodiert ist. Sie interessiert sich offenbar für Außenpolitik, und wir unterhalten uns über die Autobombe, bevor sie mir einen schönen Tag wünscht.

Heute morgen war es anders. Ich weiß jetzt, daß sie sehr mager ist.

Ich saß vor dem Café und las Zeitung. Plötzlich stand sie neben mir auf unsicheren Beinen im Morgenrock, an den Füßen Pantoffeln, mit wirrem Haar. Sie habe nichts mehr zu fressen in der Wohnung, sagte sie. Sie sagte tatsächlich *fressen.* Sie sei zwei Mal verwitwet und ein Mal geschieden, und sie habe eine Nierenentzündung hinter sich. Sie sei keine 45 Kilo mehr schwer. Und die Hausmeisterin, die ihr sonst helfe, sei in den Ferien.

Sie wollte sich nicht setzen. Sie blieb stehen und schwieg. Ob sie Geld brauche, fragte ich. Ja gern, sagte sie, sie müsse zu fressen kaufen. Ihrem Gesicht war fast nichts anzumerken. Es war noch voll und schien schön zu sein. Nur die Augen glänzten fiebrig.

Als sie das Geld nahm, sah ich ihren dürren Arm. Nur Haut und Knochen, wie man sagt.

Sie bedankte sich und ging mit kurzen Schritten über die Straße. Ich las weiter Zeitung, etwas über Unruhen in der Mongolei. Als ich aufschaute, sah ich sie im Haus mit den Granitmauern verschwinden.

Das automatische Band

Vor den Kassen des Supermarkts hat es zehn Meter lange Warteschlangen. Es sind vor allem ältere Frauen und Männer, die sich gedulden müssen, bis sie den Einkaufswagen wieder einen Meter vorwärtsschieben können. Das, was im Wagen liegt, zeigt, was sie vorhaben. Die vierzigjährige Frau mit drei Paketen Spaghetti, vier Litern Milch und zwei Broten hat zu Hause Kinder und muß sparen. Eine Weißhaarige mit zweihundert Gramm Aufschnitt und drei Flaschen Bier versorgt ihren pensionierten Mann. Ein sorgfältig gekleideter älterer Herr mit einem Liter Rotwein und zwei Büchsen Ravioli gedenkt sich am Abend vor dem Fernseher zu betrinken. Eine Frau mit weißem Kopftuch und einem Wagen, der von Früchten, Gemüse und gefrorenem Fisch überquillt, muß eine türkische Großfamilie versorgen. Und der junge Mann im Übergewand mit sechs Flaschen Bier und fünf Cervelat-Ringen gehört zu einer Bauequipe, die in der Nähe eine Tiefgarage baut.

Niemand sagt ein Wort, niemand schaut einen andern an. Man ist anonym hier, als ob dieses Einkaufen unanständig wäre. Wenn man das Fließband, das direkt vor die Kassiererin rollt, endlich erreicht hat, legt man seine Waren pflichtbewußt und diskret hin, ohne Umstände zu machen. Und mit vorbildlicher Aufmerksamkeit schaut man der Frau zu, wie sie das Brot und den Käse vom Band nimmt, einen kurzen Blick auf den Preis wirft, diesen eintippt und die jetzt registrierten Waren in den Einkaufswagen zurücklegt.

Oben im ersten Stock gibt es ein Café, in dem von der Cremeschnitte bis zur Kalbsbratwurst alles billiger ist als in der Wirtschaft nebenan. Man stellt sich an mit dem Tablett und sucht sich aus, was man will. Die Frau an der Kasse tippt die Preise ein. Man setzt sich an eines der Tischchen aus tropischem Holz und ißt und trinkt. Verstohlen schaut man sich um nach den andern Essern und Trinkern. Es sind einige da, alle an einem separaten Tischchen. Möglichst diskret schaut man ihnen zu, wie sie sich Mühe geben, möglichst diskret zu essen und zu trinken. Und noch mit dem letzten Bissen im Mund erhebt man sich, nimmt das leere Tablett vom Tisch und geht hin zum Fließband, das die ausgetrunkene Tasse und den leer gegessenen Teller zur Abwaschmaschine bringt. Das geht alles automatisch.

Mitten am Nachmittag

Ein Mann sitzt da. Er sitzt auf einer Holzbank gegen die Hausmauer gelehnt und schaut über eine Wiese, in der Bäume stehn: ein Kirschbaum, hoch in den Himmel ragend, zu hoch, wie ihm scheint; ein Apfelbaum, schräg über die Erde geneigt, ein Pfahl stützt seinen Stamm; Zwetschgenbäume mit runden Kronen; eine Weide mit meterdickem Strunk, jahrzehntelang nicht mehr geschnitten, die Äste stoßen hoch hinauf.

Die Wiese darunter steht in hellem Grün, die Gräser treiben. Einzelne Blumen leuchten, zurückhaltend und zart, wie es sich für diese Gegend gehört. Schmetterlinge flattern darüber, ein weißer, ein gelber. In den Bäumen lärmen Spatzen.

Vom Kirchturm herüber kommt der Stundenschlag, langsam und genau. Der Mann zählt mit. Nicht aus Neugier, er weiß, wie spät es ist. Erst die vier hellen Schläge für die runde Stunde, dann drei lautere, dunkle. Drei Uhr, mitten am Nachmittag. Die Sonne steht halb hoch, ihr Licht fällt glitzernd durch das junge Laub der Bäume. Der Blust ist vorbei, die Singvögel sind zurück, die Mücken tanzen.

Der Mann denkt an früher. An den Heuduft in den Wiesen; an den flimmernden Asphalt; an den Sommerdunst über den Hügeln. Er sieht seine braunen Zehen über den Fußweg laufen, und links und rechts steht das gelbe Korn. Er spürt die Halme an seinen Fingern vorbeigleiten. Es raschelt leise, und wenn ein Wind aufkommt, bewegt sich das ganze Feld.

Der Mann öffnet die Augen. Soeben hat er geträumt, er ist aus der Wirklichkeit herausgefallen. Jetzt sitzt er wieder mittendrin, hinter sich die Hausmauer, vor sich die Wiese mit hohen Gräsern. Darin stehn eine Weide mit hellgrünem Laub, ein schräger Apfelbaum, mehrere Zwetschgenbäume und ein viel zu hoher Kirschbaum.

Eine Kuh schiebt sich von rechts ins Blickfeld, schwarzweiß gezeichnet, knochig und schwer. Sie schiebt sich mühsam voran, mit träge schaukelndem Leib, den Kopf vorgestreckt. Sie stößt ein Schnauben aus, langsam und genau. Dann bleibt sie stehen, dreht den Kopf, um sich die Flanke zu lecken, hält ein und schaut zum Mann hinüber, der drüben an der Hausmauer sitzt. Sie glotzt ihn an, reglos, sie scheint nicht mehr zu atmen, sie wartet, sie wartet.

Der Mann im Überkleid

Vor dem Dorfladen steht ein Mann im blauen Überkleid. An den Füßen hat er Holzschuhe, wie sie vor Jahren in dieser Gegend üblich waren. Seine Augen sind wässerig. Er muß über sechzig sein. Er lacht mich an, er scheint sich zu freuen. Offenbar ist er neugierig auf Fremde.

Er steht vor dem Spaltstock, das Beil in der Hand. Das ist Eschenholz, sagt er plötzlich und zeigt auf die Holzstücke, die vor ihm liegen, daraus macht man die guten Stiele. Schau, sagt er. Er legt das Beil auf den Stock, packt mich am Arm und führt mich nach hinten, wo Werkzeug an der Mauer lehnt. Er nimmt eine Hacke mit einem neuen, hellen Stiel. Den da, sagt er, habe ich aus dem gleichen Stamm gemacht, aus dem die Klötze sind. Eine Rebhacke, wie man sie früher hatte. Ich habe noch immer Reben, dahinten, er deutet über seine Achsel zurück, aber ich lasse sie wachsen, wie sie wollen. Wein mache ich keinen mehr. Und nur zum Essen reicht es noch lange. Die Stare haben die Traubenbeeren auch gern, bevor sie nach Afrika fliegen. Er lacht, ich lache auch und nicke. Jetzt steht er da, die

Rebhacke in der Hand, und wartet. Ich weiß nichts zu sagen und schaue mich um, als ob ich das Haus und die Gegend mustern würde.

Oben an den Balken hängen Körbe, frisch geflochtene, noch nicht gebrauchte. Ich zeige hinauf. Ja, sagt er, die mache ich selber, im Winter. Wenn die Abende lang werden, setze ich mich in die Küche zur Frau und flechte, und dazu hören wir Radio. Weidenstöcke habe ich genug, dort drüben hinter jenen Obstbäumen, dort habe ich die Weiden. Dort gibt es Quellen, das Wasser drückt aus dem Boden heraus. Und dort habe ich einen Weiher gegraben für die Frösche, die können ja fast nirgends mehr sein. Nur zum Vergnügen, ich esse sie nicht. Willst du sie sehen?

Wir gehen zusammen die Straße hinauf an den letzten Häusern vorbei. Seine Holzböden klopfen auf den Asphalt. Schau einmal, sagt er und bleibt stehen, wie grün es hier ist, wie voll von Pflanzen. Ich muß nirgends hinfahren in den Ferien, ich bleibe hier.

Wir biegen in einen Feldweg ein. Ein handbreites Rinnsal fließt nebenan. Wie das herausquillt, sagt er, der Boden ist voll davon, es gibt Wasser genug. Es füllt meinen Weiher, er ist nicht groß, aber groß genug. Die Frösche können kommen und gehen, wie sie wollen. Nur auf den Reiher müssen sie aufpassen. Der fliegt meist gegen Abend heran und stellt sich immer an die gleiche Stelle.

Das Wasser ist umgeben von Schilf, ruhig und dunkel. Wir stehen davor und schauen auf die Oberfläche, über welche die Wasserläufer rucken. Junges Schilf steht daneben und Binsen. Und in der Mitte glänzt weiß ein Stück Himmel.

Indianer

Auf der Rückseite des Hauses liegt ein verbotener Garten. Er wird unterteilt von einem rostigen Hag. Gegen das Haus hin liegt Kies, durch das handhohes Unkraut stößt. Jenseits des Hages grünt es urwaldartig. Eine Föhre steht dort, ein Ahorn und eine mehrere Meter hohe Stechpalme. Darunter quillt es über von breitflächigen Rhabarberblättern und sattgrünem Pfingstrosenkraut, von blaublühenden Lilien und schattigem Nieswurz, von fetten Stengeln und harten Dornen. Die verschiedenen Grüntöne sind von der Terrasse aus genau zu erkennen, die Blattränder zeichnen sich haarscharf ab.

Bis vor kurzem war dieser Garten abgeschlossen. Der Schlüssel lag bei der Hausbesitzerin. Hin und wieder sah man sie im wuchernden Kraut stehen, mit schrägen Hüften und gekrümmtem Oberkörper, die Nase wie ein Indianer in die Luft gestreckt, mit scharfem Auge die Blattformen musternd. Sie trennte mit geübter Hand die Guten von den Bösen, sie ließ das Kraut stehen und riß das Unkraut aus. Anderen Leuten war der Zutritt nicht gestattet, den Erwachsenen nicht und den Kindern auch nicht. Denn Kinder können nicht unterscheiden zwischen Kraut und Unkraut. Sie reißen ab, was sie mit gierigen Händen erreichen können. Sie schreien. Sie stören.

Seit kurzem wohnt die Hausbesitzerin nicht mehr hier. Sie ist umgezogen ins Altersheim. Den Schlüssel hat sie abgegeben. Er steckt jetzt im Schloß der Gartentür, die tagein, tagaus weit offensteht. Die Kinder, die im Haus wohnen, gehen schon am Morgen hinab. Sie spielen im Kies des Vorgartens, sie sandeln im Sandkasten, sie planschen im Planschbecken. Man hört sie schreien und weinen. Dann wieder lachen und quietschen sie wie die Ferkel.

Wenn man von der Terrasse hinunterschaut, sieht man sie herumkriechen wie die Schnecken. Sie rutschen auf allen vieren ins Kraut hinein. Sie verschwinden unter Rhabarberblättern oder im Nieswurz. Wenn eine blaue Lilie schwankt, so weiß man, daß einer der Kriecher Hand an den Stengel legt. Wenn sie plötzlich umkippt wie ein Telefonmast, hat er zugeschlagen. Dann und wann taucht ein Kopf aus dem Blattgewirr, ein frecher Bengel erscheint oder ein Wildfang mit blondem Roßschwanz. Ihre Gesichter sind mit Erde beschmiert wie bei den Indianern. Sie nehmen Witterung auf wie die Elche, und sogleich tauchen sie wieder hinab.

An schönen Tagen kommt die Hausbesitzerin zu Besuch. Sie weiß nicht mehr, wie sie heißt, sie hat ihren Namen vergessen. Sie weiß nur noch, daß sie einmal hier gewohnt hat, und sie möchte wieder hier wohnen. Sie setzt sich auf die Bank im gekiesten Vorgarten, sie streckt die Nase in die Luft wie ein alter Indianer. Und neugierig schaut sie zu, wie ein Mädchen aus dem Kraut hervorkriecht, eine blaue Lilie in der Hand.

Schwimmen im Fluss

Du liegst im Fluß, lang ausgestreckt an der Oberfläche, den Kopf zwischen den Armen, die Augen geschlossen. Du läßt dich treiben von der Strömung, die das grünbraune Wasser Richtung Meer zieht. Du spürst die Kühle, die deine Glieder umhüllt und eindringt in deine Eingeweide. Du bist ein Lebewesen, das sich nicht rührt und getragen und transportiert wird wie ein mannslanger Baumstamm, und in deinen Ohren dringt das beruhigende Geräusch der Kiesel, die auf dem Grunde meerwärts geschoben werden.

Du staunst, wie lange du es aushältst, ohne zu atmen, es gefällt dir, kein Lufttier mehr zu sein. Du denkst an Kiemen, die sich an deinem Halse öffnen, durch die das Wasser einfließt und dich zum Wassertier macht. Du möchtest so liegenbleiben für immer und ewig, langsam das Menschenbewußtsein verlierend, eine Wasserleiche zuletzt mit ausgestreckten Fingern, die zu Flossen werden. Du möchtest landen im Meer.

Dann hebst du den Kopf und siehst ein Stück der sonnendurchfluteten Welt: den breiten Fluß, der mitten durch die Stadt fließt, in der du lebst, die beiden Ufer mit den vertrauten Häuserfassaden, das Münster weiter oben, die Brücke, auf die du zuschwimmst. Du legst dich auf den Rücken und schaust zum Brückengeländer hinauf, wo Leute in Sommerkleidern stehen und herunterwinken. Sie winken immer, das weißt du aus Erfahrung: Leute am Ufer winken Leuten im Fluß.

Du gleitest unter dem Brückenbogen in den Schatten hinein. Hier riecht es nach schmutzigem Schlamm und ein bißchen nach Großstadt, und würdest du laut hinaufrufen, würde dein Ruf dröhnen wie in einer Fabrikhalle.

Weiter unten siehst du einen Lastkahn, der sich flußaufwärts schiebt. Er muß randvoll sein, der Bug ragt knapp über das Wasser. Du hörst das Stampfen seines Motors, du hast es schon unter Wasser gehört als helles Sirren, es hat das Rieseln der Kiesel zerschnitten.

Du mußt ausweichen. Du drehst dich auf den Bauch, stößt deine Arme nach vorn und ziehst sie kräftig zurück. Du spürst, wie dein Leib durchs Wasser gleitet, du spürst deine Kraft, und plötzlich packt dich eine Freude. Du schlägst mit Armen und Beinen ins Wasser, daß es aufspritzt wie früher in der Badeanstalt, wo du schwimmen gelernt hast, und am liebsten würdest du schreien. Das kommt dir zwar einen Moment lang kindisch vor, aber es stört dich nicht, im Wasser ist alles kindisch, und überhaupt bist du ein alter Kindskopf, auch an Land. Du schreist trotzdem nicht, der

Moment dazu ist verpaßt, du strampelst einfach weiter, bis du außer Atem bist. Dann liegst du wieder ruhig und schaust zu, wie draußen der Lastkahn vorbeistampft.

Der singende Mann

Etwas hat sich verändert in der Luft. Man weiß bloß nicht was. Der Brunnen vorne an der Ecke plätschert wie jeden Morgen. Die Autos rollen wie jeden Tag hinauf zur Kreuzung. Der Himmel darüber ist durchschnittlich grau. Nur fällt, wie es scheint, ein bißchen mehr Licht herunter.

Die Tür des Cafés öffnet sich, und eine junge Frau kommt heraus. Sie trägt eine Tafel und hängt sie an einen in die Mauer eingelassenen Haken. *Heute frisches Birchermus,* steht darauf. Die Frau bleibt einen Augenblick stehen und betrachtet die hängende Tafel. Dann geht sie zurück zur Tür, und man sieht ihre schlanken Beine.

Weiter vorn Richtung Park steht der Debile. Er wird um die vierzig sein und hat wie jeden Morgen das schwarze Béret auf. Vermutlich denkt seine Mutter, er sei immer noch ein Kind und erkälte sich leicht. Er steht im kleinen Vorgarten hinter der Gartentür und beobachtet, was auf der Straße geschieht.

Bei der nächsten Einmündung reißen zwei Männer einen Graben in die Straße. Der eine hämmert mit Preßluft den Asphalt auf. Der Kompressor scheppert, die Oberarme zittern, der Stahlmeißel bohrt sich in den Boden.

Der zweite steht einige Meter nebenan im Graben. Faustgroße Kiesel liegen auf dem Asphalt. Sie sind noch immer feucht und glänzen in allen Farben: schöne, runde Steine, vom Fluß herbeigeschoben aus einem Gebirge, langsam und stetig durch die Jahrtausende hindurch. Jetzt liegen sie da auf dem Asphalt, herausgehoben vom schwarzhaarigen Mann, weil eine neue Röhre gelegt werden muß. Man bleibt stehen und fragt sich, warum die Steine so leuchten. Liegt es am Morgen, liegt es am Licht?

Dann hört man plötzlich durch das Scheppern des Kompressors, daß der schaufelnde Mann im Graben singt. Er singt ein Volkslied aus Neapel.

Spätsommerlicht

Der Fluß liegt hier ruhig wie ein schweres Muttertier. Die Sonne scheint aus Westen, es ist später Nachmittag. Das Wasser hat die Farbe von Pflaumen. Ein Frachtschiff gleitet talwärts. Es ist leer, der Bug ragt meterhoch über die Oberfläche.

Weiter flußabwärts leuchtet im weißen Spätsommerlicht das Stauwehr. Es hält das Wasser von seinem alten Lauf zurück und drängt es in den Kanal, auf den der Kahn zutreibt. Eine Schleuse wird ihn in Empfang nehmen, die beiden Stahltüren werden sich hinter ihm zusammenschieben. Langsam wird er sich auf dem auslaufenden Wasser senken, bis er still liegt. Dann wird sich die untere Tür öffnen und ihn freigeben zur Weiterfahrt.

Ich bin der einzige Gast hier, es ist ein leerer Nachmittag. Von den Holztischen ist die rote Farbe fast vollständig abgeblättert. Einige Bänke stehen da und eine muschelförmige Mauer, die in windigen Nächten der aufspielenden Tanzkapelle Schutz bieten soll. *Piste du Rhin* ist auf ihre blaue Innenseite geschrieben. Daneben liegt die Baracke, in der ich den Kaffee geholt habe. Zwei Zucker lagen auf dem Tablett. Ich habe zugeschaut, wie sie versunken sind in der heißen Flüssigkeit, wie sie sich aufgelöst haben und verschwanden.

Die Sonne wärmt meinen Rücken und, wenn ich den Kopf drehe, mein Gesicht. Ich schaue in die Bäume. Das Laub hängt noch oben, etwas dumpf geworden und saftlos, aber immer noch mattgrün. Es sind Akazien und Espen.

Sechs Autos sind gegen den Fluß hin geparkt. Fünf sind leer, die Fahrer promenieren am Ufer entlang. Im sechsten sitzen zwei Männer. Es sind Nordafrikaner, man sieht ihre dunklen Köpfe. Sie schauen reglos über das Wasser. Vielleicht träumen sie vom Meer.

Jetzt tauchen zwei Hunde auf. Sie traben zu den Autos, ein schwarzes und ein braunes Tier. Sie halten an und schauen sich um. Eines bellt kurz. Dann schnuppert es an einem Vorderrad und hebt ein Bein. Das andere schaut zu.

Das Frachtschiff ist verschwunden, das Wasser liegt ruhig. Man sieht kaum, daß es fließt.

Die beiden Männer im Auto sitzen unbeweglich, den Blick über den Fluß gerichtet. Dort drüben liegt ein Bunker aus dem Zweiten Weltkrieg. Ein Mann in hellen Hosen steht davor. Er hat eine Rute in den Händen, schaut übers Wasser und wartet.

Im Park

Für meine Tochter Sophie

Dieser Park war früher ein Friedhof. Die Grabsteine standen in Reih und Glied. Inzwischen sind sie weggeräumt. Männer der Stadtverwaltung haben die Gräber ausgehoben. Die Gebeine wurden verbrannt, ihre Namen will niemand mehr wissen. Die Querwege, auf denen die Nachkommen mit traurigen Mienen einhergingen, sind verschwunden. Gras wächst dort. Die Zierbüsche sind zu halbhohen Bäumen herangewachsen. Einige sind dunkelgrün, fast schwarz. Sie sehen fremdländisch aus.

Vorn auf der Kreuzung rollen die schweren Tankwagen heran. Die Fahrer schalten die Motoren herunter und bringen Wagen und Anhänger zum Stehen. Wenn die Ampel auf Grün umschaltet, heulen die Motoren auf. Die Männer reißen die Schaltknüppel zurück, nehmen den linken Fuß von der Kupplung und drücken den rechten aufs Gaspedal. Die Wagen setzen sich in Bewegung.

Eine blonde Frau mit zwei Kindern wartet, bis die Straße frei ist. Das Jüngere sitzt im Kinderwagen, es umklammert einen Stoffaffen. Das Ältere hält sich an der Hand der Mutter fest. Es hat einen weißen Frühlingshut auf, die Sonne scheint.

Die drei wollen in den Park, wo Blumen blühen und Bienen summen. Jetzt ist die Straße frei, und die Frau schiebt den Kinderwagen über den Fußgängerstreifen zum Eingang.

Im Park drin wird es ruhig. Der Lärm der Motoren ist nur noch ein Rauschen. Ich gehe zwischen den Büschen hindurch. Die Schuhe werden naß, der Boden ist noch weich vom Regen. Blaue und weiße Blumen blühen im Gras, es sind Wiesenblumen. Eine Hummel fliegt vorbei. Sie fliegt schnell wie ein Vogel.

Ich gehe im Kreis. Dieses Gehen ist schön. Man will nirgends hinkommen in diesem Park, man will nur gehen.

Auf einem offenen Fleck sehe ich zwei Mädchen. Das eine hat einen Stoffaffen an die Brust gedrückt. Das andere trägt einen weißen Frühlingshut. Sie halten sich an den Händen und warten. Jetzt zeigt das Ältere auf einen Nadelbaum, dessen Äste bis auf den Boden hängen. Dahinter ist nichts zu sehen.

Das Kleinere nickt. Sie setzen sich in Bewegung, langsam, als hätten sie Angst. Dann gehen sie schnell auf den dunklen Baum zu. Sie rennen los und verschwinden unter den schweren Ästen. Man hört sie schreien und lachen, dann ist es ruhig.

Nach einer Weile kommt die blonde Frau unter dem Baum hervor. An jeder Hand hält sie ein Mädchen. Die drei gehen langsam über die Wiese.

Die Frau am Brunnen

Der Brunnentrog auf der Kreuzung vorn besteht aus zurechtgehauenen Kalkbrocken. In meiner Kindheit hätte es mich vermutlich interessiert, wie viele Tonnen er wiegt. Jetzt ist mir sein Gewicht egal. Er liegt zwölfeckig da, gegen oben breiter werdend, und aus seiner Mitte ragt der Brunnenstock. Dort oben könnte eine Zierde stehen, ein Mädchen z. B., eine metaphorische Figur oder ein Löwe. Nichts steht dort, sein Ende ist leer.

Aus vier Röhren fällt Wasser. In der Nacht, wenn die Straße frei ist von Autos, hört man sein Plätschern schon von weitem. Es tönt wie aus einem Dorf.

Das Wasser steht immer gleich hoch, bis dorthin nämlich, wo das Abflußrohr seine Öffnung hat. Dort fließt es lautlos. Einige breite Blätter treiben darum herum. Sie sind von der Platane, die den Brunnen halb überdeckt, heruntergefallen.

Möglicherweise wurde dieser Brunnen gebaut, damit die Anwohner hier ihr Wasser holen konnten. Jetzt dient er diesem Zweck nicht mehr. Niemand stellt einen Kübel unter eine Röhre, niemand trinkt einen Schluck, kaum einer tunkt die heiße Hand hinein. Der Brunnen ist nur noch schön, ein heller, zwölfeckiger, nach oben geschwungener Trog, in den Wasser hineinfällt.

Ab und zu tauchen Männer von der Stadtverwaltung auf. Sie ziehen das Abflußrohr heraus, rollen gelbe Stiefel über die Beine und waten im abfließenden Wasser herum, bis der Trog leer ist. Dann schrubben sie mit breiten Bürsten seine Innenseiten sauber. Die Passanten bleiben stehen und atmen den Geruch des Putzmittels ein, das die Männer verwenden.

Auf der Bank daneben sitzen an hellen Abenden alte Leute. Sie schauen nicht auf, wenn man vorbeigeht, sie wissen, daß niemand sie grüßt. Die Frauen tragen zarte Blusen, die Männer gebügelte Hemden mit Krawatten. Sie schwatzen nicht viel, sie warten. Das Plätschern ist so nahe, daß es den Autolärm übertönt.

Heute ist ein warmer Spätsommermorgen. Ein sonniger Dunst liegt über der Straße. Die Krone der Platane hat sich bereits gelichtet. Gelbe Blätter liegen auf dem Trottoir. Einige sind so dürr, daß sie rascheln, wenn man sie mit dem Fuß zur Seite schiebt.

Ich bleibe stehen und tunke die Hände ins kühle Wasser. Auf der Bank hinter mir sitzt jemand. Ich spüre das, ich drehe den Kopf. Es ist eine junge Frau. Das Kleid ist ihr bis über die Knie hochgerutscht. Neben sich hat sie eine Plastiktasche mit Astern drin. Sie sieht mich nicht, sie hat beide Hände vor die Augen gelegt und weint.

Sardinien

Er ist auf der Autobahnraststätte bei Altdorf auf mich zugekommen und hat gefragt, ob ich nach Lugano fahre. Ja, habe ich gesagt, und er hat seine zwei Säcke hinten in den Kofferraum gelegt und ist zugestiegen. Woher er sei? Aus Eisenach, ehemalige DDR. Die Lehre habe er nicht fertigmachen können, da der Betrieb konkurs gegangen sei. Arbeit gebe es dort keine, jetzt sei er obdachlos, schon über ein halbes Jahr.

Gekraustes Haar hat er, ziemlich bleich ist er, und dauernd knabbert er an einer Papierserviette herum. Sein Ziel ist Sardinien. Dorthin sei vor rund zwanzig Jahren ein Onkel ausgewandert, den wolle er suchen, der könne ihm vielleicht helfen und Arbeit geben. In Eisenach habe er nicht bleiben wollen, da könne er ebensogut irgendwo anders verrecken. Ob das jetzt der Gotthard sei? Ich nicke. Warum er denn dauernd an dieser Papierserviette herumknabbere? Das sei gegen den Hunger, er habe seit vorgestern nichts mehr gegessen.

Gebadet hat er wohl eine Woche lang nicht, das ist zu riechen.

Dann redet er übers Tessin. Er habe auf der Karte

gesehen, daß es zwei Morcote gebe. In einem wohne doch diese Schauspielerin, die mit dem großen Busen. Er lacht, dann knabbert er wieder an dem verdammten Papier. Der Dürrenmatt wohne doch auch im Tessin, sagt er. Nein, widerspreche ich, das sei ein anderer gewesen.

Hast du Arbeit für mich? fragt er plötzlich sehr direkt, bloß eine Woche, damit ich die Überfahrt nach Sardinien bezahlen kann und ein bißchen Geld habe. Nein, ich habe für ihn keine Arbeit. Er schüttelt den Kopf, lacht wieder. Schade, sagt er, daß Napoleon verloren hat. Der hat Europa vereinigen wollen, dann hätten wir schon längst die EU, und alles wäre gut organisiert. Wir hätten noch lange ausgehalten in der DDR, sagt er, das kann sich ein Wessi gar nicht vorstellen, was wir alles aushalten konnten. Reisen mußten wir nicht, wir hatten das Nötigste. Warum heißt dieser Fluß überhaupt Ticino?

Das weiß ich nicht. Ich halte an bei der Ausfahrt Lugano, wir steigen beide aus, ich gebe ihm ein bißchen Geld, und er probiert meine festen Lederschuhe an, die hinten im Kofferraum liegen und die ich nie trage. Er schüttelt den Kopf, er habe leider Plattfüße. Aber jedenfalls gehe er jetzt etwas essen. Etwas Gutes.

Ich steige wieder ein, wir winken uns kurz zu, er heiße Rainer, hat er zum Abschied gesagt. Ich fahre den Berg hoch, vorbei an den leerstehenden Villen, da wäre noch viel Obdach vorhanden, denke ich, nebst allerlei Tiefgefrorenem und Marmorbädern. Aber es wird wohl auch in Sardinien so sein, daß alles abgeriegelt ist.

Menorca

Der Supermarkt ist überfüllt von Waren und Leuten, die diese Waren kaufen. Vor dem Fleischstand stehen Frauen mit fleischigen Brüsten, vor dem Dörrobst dürre Männer, und nach den farbigen Jeans greifen Mädchen in farbigen Jeans.

Draußen ist Spätsommer, aber hier drin weht eine kühle Brise.

Es ist Samstagmorgen, elf Uhr. Wer wegfährt, macht die letzten Einkäufe, bevor er sich ins Auto setzt. Wer hierbleibt, kauft Kopfsalat, Käse und Aufschnitt, für das Abendessen auf der Terrasse.

Vor den Kassen stehen lange Menschenschlangen. Wer seinen gefüllten Wagen heranfährt, sucht sich die kürzeste Schlange aus.

Hinter der Kasse, vor der ich warte, sitzt eine Frau mit braungebranntem Gesicht. Sie hustet, sie fühlt sich schlecht. Es sei schlimm, erzählt sie der Kundin vor mir, sie halte es kaum mehr aus. Die vielen Leute und das Air-conditioning, das sei unmenschlich. Sie ruiniere sich doch nicht die eigene Gesundheit.

Die Kundin sagt kein Wort. Sie bezahlt und schiebt

den leeren Wagen zum Abteil, in dem ihre Waren liegen.

Ich frage die Frau an der Kasse, warum sie so braun sei. Sie schaut von den Tasten auf, mit denen sie die Preise eintippt, sie sieht mich an mit merkwürdigen Augen. Meine Frage hat sie erschreckt. Sie ist müde und hilflos, sie möchte hier heraus. Jetzt hört sie auf zu tippen. Sie sei in Menorca gewesen, sagt sie, ob ich wisse, wo das sei. Balearen? frage ich. Ganz in der Nähe, sagt sie, aber es sei viel schöner. Wilde Landschaft, viel Vegetation, wenige Häuser und fast keine Leute. Und eine Schönheit, unvorstellbar. Zehn Kilometer weißer Strand, das Wasser klar auf zwanzig Meter, und warm. Und nur alternative junge Leute, die von fast nichts leben, und wenige Eingeborene. Freundlich, direkt und hilfsbereit seien sie.

Wird's bald? fragt eine junge Frau hinter mir, oder machen Sie Ferien? Sie ist Hausfrau und Mutter, das sieht man ihr an. In ihrem Wagen liegen drei Liter Milch und zwei Pakete Spaghetti, sie hat wenig Zeit. Die Frau an der Kasse senkt den Blick und tippt weiter.

Auf der Straße draußen stehen drei Männer und diskutieren. Sie reden in einer fremden Sprache, jugoslawisch oder spanisch, es ist nicht zu verstehen. Die Leute, die aus dem Supermarkt kommen, weichen ihnen aus, sie stören.

Zu Hause nehme ich den Atlas hervor und suche

Menorca. Es liegt nördlich von Mallorca, es gehört zu Spanien und scheint eine wunderschöne Insel zu sein mitten im blauen Meer.

Katzentod

Unser Kater ist ein alter Herr von 17 Jahren, graumeliert an Schwanz und Pfoten, von würdevoller Arroganz. Er hat unser Zusammenleben enorm bereichert mit Schnurren und Knurren, mit warmem Ankuscheln unter der Decke und höllischen Raids vom Schlafzimmer ins Badezimmer hinüber. Er hat die Wohnung zur freien Wildbahn, zum Dschungel gemacht, und wir waren seine stolzen Mitbewohner.

Jetzt kann er kaum mehr fressen, er schleppt sich nur noch. A. packt ihn ins Körbchen und fährt ihn zum Tierarzt. Sie kommt mit dem Bericht zurück, es seien die Nieren, der Arzt habe dem Tier eine lebensverlängernde Spritze verpaßt, aber auf Dauer sei nichts zu machen.

Also doch abtun, denke ich, es ist ja bloß ein Tier. Aber wie?

A. sagt, jene Praxis sei kein guter Ort für einen Katzentod. Sie habe den Kater nur mit größter Mühe aus dem Körbchen zerren können.

Ich beschließe, der Entfremdung zwischen Mensch und Tier einen Riegel vorzuschieben und den alten

Herrn eigenhändig zu erlösen. Schließlich hat er einen Abgang in engstem Familienkreise verdient. Ich könnte ihn z. B. aus dem Fenster werfen, wir wohnen im dritten Stock. Das wäre ein kurzer, überraschender Flug aus liebevoller Hand ins Ungewisse. Aber wenn er beim Aufprall nicht stirbt? Ich könnte ihm nicht mehr in die Augen schauen.

Soll ich ihn erwürgen, ihm mit einem schnellen Ruck das Genick brechen?

Nein, geht nicht, ich bin kein Genickbrecher. Oder das Beil und der Spaltstock vielleicht? Habe ich nicht, wir heizen nicht mit Holz.

Der Sohn meint, erschießen wäre das beste, z. B. im Wald. Ob ich nicht irgendwo eine alte Knarre herumstehen hätte? Nein, es steht keine herum, weder eine alte noch eine neue. Hingegen liegt irgendwo ein alter Browning, den mein Vater kurz vor dem Zweiten Weltkrieg gekauft hat. Aber was ist, wenn die Patronen stumpf geworden sind? Dann spritzt die Kugel lahm an seine Schädeldecke, und er schaut mich vorwurfsvoll an.

Bleibt das Gefrierfach. Aber wie soll ich seinem schallgedämpften Miauen standhalten?

Oder sollen wir warten, bis er ganz natürlich verreckt? Nein, das wäre Tierquälerei.

Zum Glück erholt sich der Kater wegen der Spritze, und wir hoffen auf ein Weiterleben. Dann setzen die Nieren wieder aus.

Endlich hat A. ein Einsehen. Sie weint kurz und entschlossen, packt ihn dann ins Körbchen und bringt ihn zum Tierarzt, der ihn zeitgemäß entsorgt.

Nachtbeiz

Seit kurzem gibt es in meinem Quartier eine Nachtbeiz, die je nach Bedarf weit in den Morgen hinein offen hat. Der Wirt stammt aus Ex-Jugoslawien, die Gäste kommen aus den umliegenden Dreizimmerwohnungen. Es sind vorwiegend ältere Männer mit abgeschabten Hemdkragen und zerknitterten Seidenkrawatten, vor Jahrzehnten gekauft auf dem Markt von Luino. Nur hin und wieder sitzt eine Frau dazwischen, und an diesen Tischen geht es lustig zu.

Sonst herrscht Tristesse. Die meisten Männer hocken nur hier, weil sie der Einsamkeit ihrer Wohnungen entfliehen wollen. Es sind keine richtigen Alkoholiker. Sie trinken zwar Bier und Wein und Kaffee mit Schnaps, aber sie brauchen den Alkohol nicht zum Leben. Sie nehmen einen Schluck, dann noch einen, und sie bestellen ein neues Glas. Das macht die Nacht leichter.

Aufstehen müssen sie am nächsten Morgen nicht. Sie sind ausgesteuert, beziehen Sozialleistungen oder eine Rente. Die reicht bis Mitte Monat, dann müssen sie bis zur nächsten Auszahlung die Abende wieder allein vor dem Fernseher verbringen.

Heute abend aber sind sie in Gesellschaft wie richtige Herren. Sie duzen dich gleich, wenn du dich zu ihnen setzt. Sie wollen reden, erzählen, sie wollen etwas Lebendiges hören. Vor allem wollen sie klagen. Klagen geht besser zu zweit als allein. Wer hört dir zu, wenn du zu Hause allein am Küchentisch weinst? Deshalb sind sie hier, weil sie Menschen sind. Und Menschen zeichnen sich aus durch ihr Sprachvermögen.

Sie reden von ihrem Leben. Dem einen ist vor drei Jahren die Frau weggelaufen. Die Scheidung, sagt er, habe ihm dann noch den Rest gegeben. Da komme er halt nicht drüber hinweg. Stelle verloren, IV-Rente, in einem Monat müsse er sich ein neues Hüftgelenk einsetzen lassen. Wer ihn dann besuchen komme im Spital? Niemand, sagt er, es kommt mich niemand besuchen.

Ein anderer sagt, vor fünf Jahren habe ihm der Krebs die Frau weggenommen. So dünne Beine hatte sie noch, sagt er, und er zeigt, wie dünn. Das habe er halt nicht verwunden. Und demnächst müsse er sich alle Zähne ziehen und ein neues Gebiß einpflanzen lassen.

Ich nehme einen Schluck, dann noch einen und bestelle ein neues Glas. Ich bin froh, hier sitzen zu können und Geschichten zu hören, wenn auch von Schicksalsschlägen und Elend. Schließlich helfen sich Menschen mit Geschichten.

Die Bank am Fluss

Es hat geregnet über Nacht. Der Fluß geht immer noch hoch. Braunes Wasser rollt hinunter Richtung Meer, quirlend, schäumend. Holz treibt mit, Stämme, losgerissene Bretter, ein roter Kinderball. Weit draußen tanzt er vorbei.

Ein Lastschiff schwimmt flußabwärts, ein Tanker. Schwer beladen liegt er im Wasser. Er hat Mühe vorwärtszukommen, der Motor ist nur wenig stärker als die Strömung.

Vom Bug aus laufen beidseits armhohe Wellen mit schnurgeradem Kamm, schräg hinübergezogen zu den betonierten Ufern und dort aufprallend, sich überschlagend und zurückrollend zur Flußmitte.

Der Kapitän ist genau sichtbar im Steuerhäuschen. Er steht am Steuerrad und hält Kurs auf den zweiten Brückenbogen von rechts. Dort wird sich das Schiff hindurchschieben, langsam, schwer und präzis.

Hinten bei der Kapitänswohnung öffnet sich eine Tür. Eine Frau kommt heraus. Sie trägt einen Korb mit Wäsche und geht zum Seil, das quer über das Deck gespannt ist. Sorgfältig fängt sie an, Wäsche aufzuhängen.

Jeans sind zu erkennen und farbige Hemden. Sie leuchten im Licht der Sonne, die über den Fluß scheint.

Hier am Ufer liegt noch Schatten. Der Treidelweg ist naß vom Regen. Grüner Schlamm liegt auf dem schräg ins Wasser fallenden Beton, Lehm, Holzstücke und einzelne Kiesel. Spuren des Hochwassers, das den Sommer weggeschwemmt hat. Noch gestern hat der Fluß grünes Wasser geführt, langsam, ruhig, warm. Schwimmerinnen und Schwimmer haben sich hinuntertreiben lassen.

Der Tanker schwimmt jetzt genau unter dem zweiten Brückenbogen hindurch. Die Frau mit der Wäsche ist verschwunden. Man sieht nur noch das Schiffsheck. Wasser schäumt dort auf, wo sich die Schraube dreht.

Über die Brücke rollt ein roter Lastwagen mit Anhänger. Deutlich ist sein Motor zu hören. Dahinter folgt ein grünes Tram.

Man geht weiter flußaufwärts und schaut einer Bachstelze zu, die auf einem hinabtreibenden Brett steht und wippt. Plötzlich hebt sie ab und fliegt in weiten Wellenbewegungen zum andern Ufer hinüber.

Man kommt an einer Bank vorbei, auf der eine alte Frau liegt. Sie trägt einen braunen Wintermantel, sie hat eine Handtasche unter den Kopf geschoben, sie hat die Augen geschlossen, sie schläft.

Ein blauer Schirm

Über den Dächern der Stadt hängt Nebel. Man spürt die Nässe auf der Stirn, man sieht sie auf dem Asphalt. Die Autos fahren mit Abblendlicht. Man hört das kratzende Geräusch der Scheibenwischer. Schmutz rinnt über die Scheiben, man weiß nicht, ob er aus der Nässe kommt oder aus der Luft.

Der Brunnen vorn an der Ecke läuft über. Platanenblätter verstopfen den Ablauf. Andere Blätter treiben auf dem Wasser, gelbbraun gezackt. Der herunterfallende Strahl zieht sie an, sie folgen dem Sog, bis sie in die Tiefe gerissen werden. Später tauchen sie wieder auf an den Rändern und treiben erneut Richtung Strahl.

Eine alte Frau in einem abgeschabten Pelzmantel bleibt stehen und schüttelt den Kopf. Das Überfließen des Wassers gefällt ihr nicht. Das ist eine Unordnung, Wasser auf dem Trottoir. Soll das ein Bach sein hier? Sie murmelt, sie schaut sich um. Aber nirgends ist Abhilfe in Sicht. Sie senkt den Kopf und schlurft weiter Richtung Kreuzung.

Ein Lastwagen schiebt sich die Straße herauf, ein Tanker mit Heizöl. Am Steuer sitzt ein grauhaariger

Mann. Er hat eine grüne Mütze auf und schaut durch das Dreieck, das der Wischer auf die Frontscheibe dreht. Plötzlich tritt er auf die Bremse. Der Motor heult auf, der Tanker hält dicht vor dem Zebrastreifen an. Der Mann beugt sich vor und winkt drei Kindern, die auf dem Trottoir warten. Jetzt lachen sie, sie winken zum Mann hinauf. Dann hüpfen sie über den Streifen, zuvorderst ein Mädchen in roter Pelerine, dahinter zwei Buben. Sie tragen Schulranzen und rote Signalstreifen. Auf der andern Straßenseite halten sie an und schauen zu, wie der Mann mit der grünen Mütze einen Gang einlegt und den Tankwagen langsam zum Rollen bringt.

Sie gehen weiter bis zur Stelle, wo das Brunnenwasser über den Gehsteig fließt. So etwas haben sie noch nie gesehen. Sie bleiben bewundernd stehen. Nach einer Weile stellt das Mädchen einen Stiefel ins fingerhoch rinnende Wasser. Gespannt warten die drei, was geschieht. Nichts anderes geschieht, als daß die beiden Buben ebenfalls hineintreten. Sie waten herum, sie stampfen ins Wasser, sie schreien vor Vergnügen.

Auf dem Rasen dahinter, aus dem die Platane wächst, liegt ein blauer Kinderschirm. Ein Windstoß hat ihn umgestülpt, der Stoff ist zerfetzt. Das Gestänge glänzt silbrig in der Nässe, die blaue Farbe leuchtet. Die Kinder sehen es nicht. Sie hüpfen weiter und verschwinden in einer Seitenstraße, und jetzt ist nur noch das Plätschern des Wassers zu hören.

Ein gelber Faden

An einem Balken klebt ein Schwalbennest, aus Lehm und Wasser grau zementiert. Die eingemauerten Strohhalme halten es zusammen. Knapp unter der Decke hängt es, so daß genügend Raum da ist, um hinein- und herauszufliegen. Heimelig muß es dort drin sein. Man möchte ein Vogel sein und sich in den warmen Flaum schmiegen.

Der Himmel über dem Haus ist leer, die Zugvögel sind verschwunden. Kein Schwalbengezwitscher ist zu hören von der Fernsehantenne herunter, nichts kurvt schwarzweiß durch den Abendhimmel. Auch die Rotschwänzchen sind fort, und kein Star knarrt mehr heiser auf dem Birnbaum.

Die Spatzen bleiben da. Sie hocken im Holunderbusch, picken die letzten Beeren weg und lärmen. In einigen Wochen, wenn der erste Schnee handhoch auf den Feldern liegt, werden sie zum Bauern hinüberfliegen und sich in die Scheune setzen. Dann wird der Himmel eisig sein, gefroren, durchsichtig bis zu den Sternen hinauf, die aus der Dämmerung auftauchen werden.

Jetzt wird gegenüber die Melkmaschine eingeschaltet, sie surrt schön regelmäßig. Die Milch fließt ruckweise aus den Eutern in den Kessel. Die Kühe dampfen und schnauben. Sie werden die Nacht im Stall verbringen, draußen ist es zu kalt.

Auf der Straße steht ein Brückenwagen, beladen mit mehreren Zentnern Zwetschgen. Die Bäuerin und der Bauer haben sie gepflückt am Morgen und am Nachmittag. Einige Bäume haben sie geleert von den blauen Früchten. Sie standen auf Leitern, griffen ins spärlich gewordene Laub, brachen matt schimmernde Zwetschgen. Hin und wieder sind ihre Blicke ausgeschweift zum Hügel hinüber, zum Wald und zum Kirchturm davor, von dem sie jeden Stundenschlag mitzählten. Beruhigt haben sie gegen Abend zugeschaut, wie sich der Nebel über die Wiesen legte, und wortlos haben sie die letzten Zwetschgen in die Harassen geleert.

Die Sonne ist untergegangen, die Dämmerung fällt ein. Weit oben am Himmel zieht ein Flugzeug vorbei. Es scheint zu glühen im stahlblauen Himmel.

Das Schwalbennest schimmert grau vom Balken herunter, es ist kaum mehr zu erkennen. Etwas Dunkles hängt daran, etwas Schwarzes mit dem Kopf nach unten, mit ausgebreiteten Flügeln zum Flug ansetzend, begierig, sich in die Luft zu schwingen. Es ist eine junge Schwalbe. Sie hat die Augen offen, aber sie ist tot. Ein gelber Nylonfaden, fest im Nestbau verankert, ist in ihre linke Kralle eingewachsen und hält sie fest. So hängt der Vogel am Nest, und langsam verschwindet er in der Dunkelheit.

Die Aale wollen an Land

1. November 1986

Weiße Möwen kreisen über dem Fluß. Sie sehen seltsam geputzt aus an diesem trüben Herbsttag, klinisch sauber wie Krankenschwestern im Spital. Hin und wieder setzt sich eine aufs Wasser und zerrt an einem großen Fisch, der mit dem Bauch nach oben abwärts treibt.

Obwohl laut Radiomeldungen das Unglück weiter oben schon seit gut zehn Stunden behoben ist, schimmert das Wasser noch immer rot. Auch der Gestank ist noch da, der die Bevölkerung nachts aus dem Schaf gerissen hat. Er hängt in der Luft, er drückt in die Lunge, er erinnert an Tod.

Unten auf dem Treidelweg dicht über dem Wasser steht ein Junge. Neben sich hat er einen grünen Plastikkessel. Er blickt ins Wasser, er bewegt sich nicht.

Ich gehe hinunter und schaue in den Kessel. Wasser liegt darin, sonst nichts. Ich schaue den Jungen an. Er wird um die 15 sein, er hat rotes Haar und Sommersprossen. In den Händen hält er zwei Äste, die er vom nahen Haselbusch gebrochen hat. Er sieht hinunter auf die Sandbank, die sich zu unseren Füßen der Ufermauer entlangzieht.

Da unten sind sie, sagt er, ein gutes Dutzend. Sie wollen an Land kommen, aber sie können nicht wegen der Mauer.

Ich schaue hinunter ins Wasser und sehe Aale, die gewunden im Sand liegen und sich an die Mauer schmiegen, die sie nicht überwinden können. Zwei zeigen ihre Bäuche. Das Gift hat sie getötet.

Aale sind zäh, sagt der Junge und schaut mich aus hellen Augen an. Sie sterben langsam. Die Äschen sind feiner, die sind schon tot. Die da unten sind jung. Sie wollen flüchten, sie könnten an Land überleben. Aber sie schaffen es nicht.

Er kniet nieder und steckt die beiden Äste ins Wasser. Man sieht, wie er damit einen Aal packt, wie er ihn durch das Wasser hochzieht und an die Luft heben will. Knapp über dem Wasser schnellt das sich ringelnde Tier weg und fällt in den Fluß zurück.

So geht es jedes Mal, sagt der Junge. Sie wollen sich nicht helfen lassen. Im Gegenteil, ich erschrecke sie. Einige sind schon zurückgeschwommen ins tiefe Wasser, nachdem ich sie berührt hatte. Sie verstehen mich nicht. Ich würde sie in diesen Kübel fallen lassen, sagt er, und nach Hause nehmen ins saubere Wasser. Ich wohne gleich da oben. Und wenn der Fluß wieder sauber ist, würde ich sie wieder aussetzen.

Jetzt weint er fast. Ich sehe, daß er große Angst hat. Ich bin kein Pessimist, sagt er, sondern im Grunde bin ich ein Optimist. Aber so kann man doch nicht leben. Warum unternimmt niemand etwas?

Ich zucke die Achseln und schaue hinüber ans andere Ufer. Dort sind zwei Schwäne zu sehen, weiß wie die Möwen, sauber geputzt und wohlbehütet vom flaumigen Gefieder. Sie schwimmen langsam flußaufwärts, einer hinter dem andern, vermutlich ein Paar, und alle paar Meter stecken sie den Kopf ins rötlich schimmernde Wasser, um auf dem Grund nach Eßbarem zu suchen.

Alt wie ein Rabe

Krähen, Raben, im Elsaß Krabben. Mein Vater nannte sie Golaggen. Die Lümmel der Lüfte, die schlauen Halunken, Schlitzohren, Witzbolde, Proleten im Frack.

Beim Grenzübergang Hegenheimerstraße hocken sie, zu Hunderten, scheint es, auf den Ackerschollen, in Büschen und kahlen Kirschbäumen. Eine richtige Generalversammlung ist das, sie fühlen sich wohl in Gesellschaft. Ihr Gefieder schimmert in der Sonne, märchenhaft. Sie sitzen am Straßenrand, drei Meter von den vorbeifahrenden Autos entfernt, man sieht ihre starken Schnäbel.

Sie sind zusammen seit November, als sich die Winterkälte angekündigt hat. Damals sind sie herbeigeflogen aus den Wäldern zum verabredeten Treffpunkt, jung und alt. Sie haben sich zum unförmigen Pulk vereint, zweihundert Meter in der Luft oben über einem Sundgauer Feld. Sie sind stundenlang durcheinandergeflattert, ließen sich fallen, stiegen wieder hoch, schwatzend, krähend, sie haben getanzt.

Hin und wieder ziehen sie über Basel hinweg, in

verzettelter Anarchistenformation. Von kraftsparender V-Form halten sie nichts, sie müssen nicht Tausende von Kilometern zurücklegen wie die Störche, sie überwintern hier. Sie fliegen vom Wiesental an den Rhein, vom Rhein in den Sundgau, ohne Paß.

Einige überwintern mitten in der Stadt. Auf dem Petersplatz, wo sie in den Ulmen übernachten, oder im Hinterhof des Hauses, in dem ich wohne. Wenn ich auf dem Bett liege und mich einrolle, um einen Satz, den ich aufschreiben will, zu überdenken, höre ich draußen ihre Schreie. Ich öffne die Augen, schaue hinaus und sehe drei von ihnen auf der Fernsehantenne hocken. Das freut mich.

Krähen, hat mein Vater behauptet, sind die intelligentesten Tiere hierzulande. Will man so einen Golagg, der im frisch angesäten Acker hockt, mit der Geste des Steinewerfens vertreiben, so merkt das freche Vieh sogleich, ob man wirklich einen Stein in der Hand hat oder nur blufft. Blufft man, so bleibt der Golagg sitzen.

Krähen haben einen üblen Ruf. Das kommt daher, weil sie so schwarz sind, rabenschwarz wie das Pech.

Raben sind verzauberte Brüder. Sie bringen dem frommen Eremiten Brot. Den alten Germanen waren sie heilige Tiere. Uralt sind sie, wie der Mond. Oder umgekehrt, wie es Matthias Claudius in seinen Versen über den Mond beschreibt:

Alt ist er wie ein Rabe,
sah manches Land;
mein Vater hat als Knabe
ihn schon gekannt.

Der fremde Mann

Am Abend vor dem Bahnhof, diesiges Licht. Der Zug, der mich hergefahren hat, war überfüllt. Die Menschen sind abgespannt. Man schaut sich nicht an, man geht sich aus dem Weg.

Draußen auf dem Vorplatz warten die Taxis. Die vordersten haben die Lichter eingeschaltet, die Motoren laufen. Einige Männer warten mit hochgeklapptem Kragen. In den Händen halten sie schwarze Aktenkoffer.

Ich gehe hinüber zum Parkplatz, wo mein Moped steht. Schwacher Regen fällt. Er wird mich auf der Heimfahrt nässen.

Aber da wartet einer und schaut um sich. Er gehört nicht hierher, das sieht man, er ist ein Fremder, einer vom Balkan oder noch von weiter her. Er ist bereit zur Demut, das spürt man. Er läßt seinen Blick kurz auf mir liegen und will ihn sogleich wieder wegnehmen. Aber er nimmt ihn nicht weg. Er will etwas von mir, er will, daß ihm jemand hilft.

Ich bleibe stehen und schaue ihn an. Er ist etwa 25, er kommt vom Land, so wie er da steht, er steht da wie ein junger Bauer im Stall. In der Rechten hält er einen Koffer.

Jetzt kommt er auf mich zu. Bitte, sagt er, wo ist Riehenstraße?

Er entfaltet einen Zettel. Darauf steht, mit Bleistift in Blockschrift hingesetzt, eine Adresse mit Namen und Nummer.

Ich weiß nicht, wo die Riehenstraße ist. Vermutlich liegt sie gegen Riehen hinaus. Aber was geht mich das an? Und wie soll der fremde Mann dorthin kommen?

Ich trete wieder unter das Vordach des Bahnhofs und frage eine Frau in dickem Mantel, wo die Riehenstraße sei. Erst zuckt sie zurück, sie fühlt sich bedroht. Dann sagt sie, sie wisse es nicht. Ich warte und lasse zwei Personen vorbeigehen, ohne zu fragen. Schließlich will ich niemanden erschrecken. Der junge Bauer neben mir steht da, als würde ihn die Sache nichts angehen. Friert er in seiner dünnen Jacke?

Ich überlege, ob ich zum Billettschalter gehen und nach einem Stadtplan fragen soll. Aber dort würde ich anstehen müssen, und das will ich nicht. Der Fremde schaut in den dunklen Himmel hinauf. Warum stellt er seinen Koffer nicht hin?

Ein Mann geht vorbei. Er weiß, wo die Riehenstraße ist: jenseits des Flusses, die Zwei fährt hin, bei der Station kommt es auf die Hausnummer an. Ich winke ab, mich interessieren nur Tramnummer und Richtung. Die Station soll der Tramführer angeben.

Wir gehen zum Billettautomaten hinüber, der Fremde und ich. Er schaut zu, wie ich eine Fahrkarte heraustippe. Dann zeige ich ihm den Perron und die Richtung. Ich gebe ihm das Billett und sage, er solle den Zettel mit der Adresse dem Tramführer zeigen. Er nickt, und ich merke, daß er überlegt, ob er mir die Hand drücken soll. Wir lassen es bleiben. Ich sage Tschau, er sagt auch Tschau.

Drüben beim Moped, als der Motor schon läuft, schaue ich zurück. Der Fremde steht dort mit dem Koffer in der Hand. Jetzt dreht er den Kopf, er sieht mich. Wir heben gleichzeitig die Hand, erst zögernd, dann entschlossen. Wir winken uns zu wie alte Freunde, und dann geht ganz deutlich ein Lächeln über sein Gesicht.

Kleinbasler Sehnsucht

Ich liebe diese Wirtschaft. Wenn man sie von der Rheingasse her betritt, kommt man in eine rauchige Stube, in der nur Männer sitzen. Es ist kurz nach Mitternacht. Die andern Beizen haben geschlossen, aber hier herrscht immer noch das warme Leben. Man setzt sich auf einen Stuhl, legt die Unterarme auf den Tisch und bestellt ein Glas Roten.

Die Männer im Raum haben kurz aufgeschaut, als ich die Tür öffnete. Jetzt sind sie wieder in ihre Gespräche zurückgesunken. Einer redet, die andern hören zu. Keiner versucht, einen Kollegen zu überschreien. Offensichtlich ist niemand ganz betrunken. Einige sind sogar so nüchtern, daß sie knobeln können, ohne Streit zu bekommen. Wie einem traurigen Schicksal verfallene Spieler kämpfen sie um zwei Franken.

Draußen auf der Gasse ist es kalt gewesen. Nebel lag auf den Dächern, man sah ihn über den Straßenlaternen hängen. In die Gasse hinunter reichte er nicht. Aber vielleicht schien das nur so. Der Asphalt war jedenfalls feucht, obschon es nicht regnete, und die Stadt war leer. Zudem ist der bisherige Abend alles andere als lustig gewesen. Aber das kann man in dieser Zeit auch nicht erwarten.

Die Serviertochter stellt ein volles Glas vor mich hin. Sie drängt nicht auf sofortige Bezahlung, offenbar mache ich einen rechten Eindruck. Sie ist eine der Frauen, die nie eine Chance gehabt haben: stark, gescheit und ohne Klage. Das Haar hat sie dunkel gefärbt. Man sieht die grauen Ansätze an den Schläfen. Obschon sie über fünfzig sein muß, wirken ihre Augen frisch, und die Art, wie sie zur Theke zurückgeht, ist lieb. Keiner versucht, ihren Oberarm zu tätscheln, niemand schaut geil auf ihre Hüften, sie hat die Wirtschaft in der Hand.

Es sitzen nur Arbeiter hier, das sieht man an Gesichtern und Händen. Einige müssen arbeitslos sein. Die brauchen nicht an morgen früh zu denken, die werden bis gegen Mittag zu schlafen versuchen. Vor sich haben sie Bier oder Träsch stehen. Nur wenige trinken Wein, er ist zu teuer.

Was mir an diesen Männern so gefällt, ist ihre Würde. Sie haben nichts als ihre Haut. Ihr Leben kann nicht mehr besser werden, sondern nur schlimmer. Und natürlich sind es Trinker. Aber sie trinken so, daß immer ein Stück Nüchternheit in ihren Köpfen zurückbleibt. Das macht sie lieb und durchsichtig wie die gute alte Zeit.

Ich bestelle Wein nach, wieder vom besseren. Obschon meine Hände nicht zerarbeitet sind, kann ich mir das leisten, es stört niemanden. Ich trinke wie jeder andere auch, und ich bin wie sie froh, an der Wärme sitzen zu können. Keiner von uns hat den Mantel ausgezogen. Der Ölofen mit dem langen Rohr der Decke entlang wärmt zwar schön. Aber da wir alle nur kurz hereingeschaut haben, gibt es keinen Grund, den Mantel an den Kleiderständer zu hängen. Wir sind nur Passanten, und ein gutes Wolltuch über den Schultern beruhigt den Reisenden.

Ich kenne den Mann, der hereinkommt. Er setzt sich zu mir und zündet sich eine meiner Zigaretten an. Ich bestelle einen Halben nach und ein Glas. Mein Bekannter hat nie Geld, er lebt von der Fürsorge. Meist stinkt er auf fünf Meter. Aber heute riecht er gut. Er hat seine Mutter besucht, sagt er, er habe bei ihr gebadet.

Er wirkt ziemlich heruntergekommen, aber seine Anwesenheit ist angenehm. Er will wissen, wie es mir geht, und ich erzähle ihm etwas.

Um zwei wird die Wirtschaft geschlossen. Ich kaufe noch einen halben Roten über die Gasse, dann gehen wir hinaus. Keiner der Männer steht noch ein bißchen herum, sie verschwinden in der Nacht.

Ich will immer noch nicht nach Hause. Irgendein Abenteuer lockt mich, etwas Unerwartetes, Neues, was meine Neugier weckt. Ich will in dieser schönen alten Nacht versinken.

Mein Bekannter sagt, ich solle zu ihm heimkommen.

Es sei ein kaltes Loch, in dem er wohne. Zu zweit sei es besser dort. Einige Taxis fahren herum, sonst bewegt sich nichts. Auf dem Platz vor der neugotischen Kirche sehen wir, daß sich der Nebel gesenkt hat. Die Kronen der kahlen Bäume verschwimmen.

Mein Bekannter geht mit mir in einen Altbau. Er öffnet eine Tür und dreht das Licht an. Zwei Matratzen sind zu sehen, ein Tisch und ein Ofen. Daneben stehen Einkaufssäcke mit Tannenscheiten. Die seien von der Fürsorge, sagt mein Bekannter, damit er nicht erfriere. Aber er habe noch nie eingefeuert, er komme nur hierher zum Schlafen.

Er öffnet unseren halben Liter und schenkt zwei Gläser voll. Eine gute Stille liegt im Raum, sie macht mich ruhig. Mir gefalle das Zimmer, sage ich, ein Holzofen sei etwas Wunderbares, ich würde gern so wohnen. Ich müsse ihn nicht trösten, sagt mein Bekannter, er komme schon zurecht.

Es ist ein grüner Kachelofen mit einer gußeisernen Tür für die Feuerkammer und einer für den Aschenbehälter. Ein Büschel Holzwolle liegt darin und einige Scheite. Ich zünde an. Es brennt und lodert, das Tannenholz fängt Feuer. Ich schließe die obere Tür. Die untere lasse ich offen, damit Luft durchziehen kann. Wir hören dem Prasseln zu und trinken. Das Rohr wird sofort heiß, wir spüren seine Wärme im Gesicht.

An der Tür kratzt jemand. Ich öffne, es ist eine junge

Katze. Sie streicht mir um die Beine. Dann springt sie auf eine Matratze und rollt sich zusammen, als ob sie das wärmende Schnaufen von Kühen hören würde.

Mein Bekannter ist eingeschlafen, ich höre sein Schnarchen. Es ist warm geworden im Zimmer. Ich lege noch einmal Holz nach. Die Katze schnurrt immer noch. Ich merke, daß ich zu viel getrunken habe, aber es macht nichts. Für diese Nacht bin ich gut aufgehoben.

III

Henriette

Sie war ihm schon lange aufgefallen, sie war nicht zu übersehen. Sie hatte eine unverschämte Selbstverständlichkeit, in die Welt zu schauen, und sei es in Männeraugen. Er fühlte sich als Mann, wenn sie ihn ansah, und er erschrak jedesmal.

Wie sie hieß, wußte er nicht. Er hatte gehört, daß sie ursprünglich aus dem Welschland war. Ihr Vater hatte offenbar im Städtchen eine Stelle gefunden, deshalb lebte sie hier. Aber von Heimweh war ihr nichts anzumerken. Sie wirkte bloß ein bißchen fremd.

Er sah sie jeden Morgen in der Eisenbahn. Er kam meistens im letzten Moment und hörte den Schaffner fluchen, wenn er, die Schulmappe in der Hand, auf das letzte Trittbrett sprang. Aber das war ihm egal. Aus dem anfahrenden Zug hinauswerfen konnte ihn niemand.

Er ging durch die verrauchten Abteile, in denen die Arbeiter schliefen, er pendelte die Schläge der Weichen aus. Auf dem sich verschiebenden Steg, der die beiden letzten Wagen verband, blieb er kurz stehen und hielt sich fest. Es roch nach Eisen, nach harten Schlägen auf Stahl, er hörte das Schleifen der Bremsklötze.

Sie saß in einem Nichtraucherabteil. Offenbar mochte sie den Geruch von abgestandenem Rauch nicht. Sie schlief nie, ihre Augen waren immer hellwach. Wenn er vorbeiging, schaute sie ihn an. Sie grüßten sich nicht. Er wußte nicht genau, warum er sie jeden Morgen sehen wollte. Es mußte etwas in ihren Augen sein, was er suchte, etwas Gescheites, Freches, eine schamlose Neugier.

Er setzte sich nie, obschon neben ihr immer Platz war. Die Arbeiter trauten sich nicht zu ihr. Und den geschminkten Fabrikmädchen war sie fremd.

Er wußte, daß sie zur Arbeit in eine Bank fuhr. Er stellte sie sich vor, wenn er sich in einem Wagen weiter vorn auf eine abgewetzte Holzbank setzte, wie sie die Schalterhalle betrat, durch die Tür in den Büroraum ging, sich hinter eine Schreibmaschine setzte und zu tippen anfing. Was sie tippte, war unwichtig. Zahlen, Zinsen und amerikanische Dollars waren wie Wassertropfen, die von ihrer rötlichen Haut abglitten. Sie war auf Abruf hier, sie war immun.

Einige Male sah er sie zusammen mit einem jungen Mann, den er flüchtig kannte. Er war Verkäufer in einem Herrenkleidergeschäft, er trug helle Anzüge und rauchte Laurent-Zigaretten. Sein Haar war gepflegt. Vermutlich hatte er in der Nacht ein Haarnetz auf. Unsympathisch war er nicht. Er ging in schwarzen Lederschuhen und machte kurze, unauffällige Schritte. Sie hatte sich bei ihm eingehängt und schien sich wohl zu fühlen.

Er lernte sie kennen, nachdem er mit einigen Kollegen zusammen Bier getrunken hatte. Es war Spätsommer, die Luft war schon kühl. Sie standen nach Wirtschaftsschluß in der Gasse. Nach Hause wollte noch keiner. Einer behauptete, ein Mädchen zu kennen, das Henriette heiße und bestimmt noch Kaffee machen würde.

Sie gingen durch das schlafende Städtchen. Auf der Landstraße dann sahen sie, daß der Halbmond am Himmel hing. Sie marschierten schweigend durch die Nacht und rochen den Herbstduft, der aus den Bäumen stieg.

Das Mädchen wohnte in einem Mehrfamilienhaus am Waldrand. Sie hatte noch Licht. Jemand warf einen Stein hoch, und das Fenster ging auf. Es war das Mädchen aus der Eisenbahn.

Sie stiegen in ihre Wohnung hinauf, und sie kochte Kaffee. Es schien sie zu freuen, daß jemand gekommen war, um ihr die Nacht zu verkürzen. Als er mit ihr tanzte, umarmte sie ihn so selbstverständlich, als würden sie sich schon lange kennen. Einmal erschien ihr Vater unter der Tür. Er war ein kleiner Mann mit weißem Kraushaar. Er grüßte freundlich und zog sich wieder zurück.

Als sich seine Kollegen verabschiedeten, beschloß er zu bleiben. Sie war sogleich einverstanden. Sie wolle sich nur noch umziehen, sagte sie.

Er saß auf dem Kanapee und betrachtete die Bilder an der Wand. Eines war eine gerahmte Fotografie. Sie zeigte ein fünfjähriges Mädchen mit einer weißen Masche im Haar. Auf der Nase hatte sie Sommersprossen, ihre Augen waren freundlich und neugierig.

Sie stiegen zusammen zum Wald hoch. Henriette trug einen roten Pullover, der ihr bis zu den Knien reichte. Er nahm ihre Hand. Sie sei ein bißchen traurig, sagte sie, denn übermorgen ziehe sie ins Welschland zu den Großeltern. Es habe ihr nicht schlecht gefallen hier, aber heimisch sei sie nie geworden. Trotzdem sei es ein Abschied, und ein Abschied sei immer traurig.

Sie setzten sich auf eine Bank, die unter einer Linde stand. Sie umarmte ihn, ohne zu zögern. Er spürte ihre Lippen, und seine Hände glitten unter den roten Pullover.

Am andern Nachmittag traf er sie in der Badeanstalt. Sie hatten es so ausgemacht unter der Linde. Er war erstaunt, daß sie kam, denn es regnete. Er lag auf einer Holzpritsche vor den Männerkabinen. Er war im Wasser gewesen und fror. Die Tropfen klatschten auf das imprägnierte Holz, es roch nach einem verregneten Sommerabend.

Er hatte sie schon gesehen, als sie hereingekommen war. Sie war am Bademeister vorbeigegangen, der sie verwundert anschaute. Sie war weiter zu den Damenkabinen gegangen und hatte die von der Sonne braungebrannte Tür hinter sich zugezogen. Jetzt kam sie auf ihn zu in einem roten Bikini. Sie ging langsam, sie wiegte sich so selbstverständlich in den Hüften, daß er am liebsten geflohen wäre. Aber er blieb und schaute sich um. Außer dem Bademeister und ihr war niemand da. Er setzte sich auf und strich sich das Haar zurecht.

Sie kniete sich neben ihn auf die Pritsche und griff nach hinten in ihr Haar. Sie hob es hoch und ließ es über die Achseln fallen. Dann legte sie sich auf den Rücken. Die Tropfen klatschten auf ihren Bauch. Er sah die fein gezeichneten Sommersprossen um ihren Nabel.

Er fragte, ob sie gut geschlafen habe. Ja, sagte sie, und du? Er auch, sagte er. Ihre Taille war unglaublich schmal. In der Mulde unterhalb der Rippen wuchs heller Flaum. Er schaute zum Bademeister hinüber, der beim Nichtschwimmerbecken stand. Er machte sich an der Dusche zu schaffen, aber er schaute dauernd herüber.

Er spürte, wie die Tropfen auf seinen Rücken fielen. Das Wasser rann ihm aus dem Haar. Er sah, wie sie im Regen blinzelte, sie lachte. Ihre Augen waren hellgrau. Das hatte er noch nie bemerkt. Er beugte sich vor und küßte ihren Bauch. Dann spürte er, wie seine Nase blutete.

Er drehte sich auf den Rücken und legte den Kopf auf die Pritsche. Das Blut rann ihm in den Rachen, er schluckte es hinunter. Sie setzte sich auf und strich ihm sorgfältig über die Brust bis zum Nabel. Dort ließ sie ihre Hand liegen. Das macht nichts, sagte sie, das geht vorbei. Sie nahm die Hand weg, rollte ihr Badetuch zusammen und schob es unter seinen Kopf. Er spürte ihre nassen Haare im Gesicht und sah sie blinzeln. Dann legte sie ihr Kinn auf die Knie, ihre Hände umspannten ihre schmalen Fesseln. Sie schaute zum Weißberg hinüber, der im Regen zu sehen war.

Am andern Abend stand er auf dem Bahnhof und wartete. Er war zu früh. Es war Sonntag. Eine Familie mit drei Kindern saß auf der Bank neben der Unterführung. Der Vater hatte einen Rucksack auf den Knien und verteilte Äpfel.

Er schritt den Perron hinauf und hinunter. Der Weißberg lag dunkelgrün im Abendlicht, er war schön. Zwischen den Schienen hüpften Spatzen herum. Er hob den linken Arm und roch daran. Er duftete nach Henriette.

Als der Zug schon zu hören war, kam sie endlich. Sie war in Begleitung ihres Vaters. Er schleppte zwei Koffer die Unterführung herauf.

Sie kam auf ihn zu und gab ihm die Hand. Er wollte sie umarmen, aber sie drehte sich weg und half ihrem Vater, die Koffer in den Zug zu schieben. Sie redete sehr schnell französisch mit ihm, er verstand kaum ein Wort. Dann küßte sie den weißhaarigen Mann.

Der Zug fuhr an. Er sah, wie sich die gußeisernen Räder über die Schienen drehten, er hörte das Schleifen der Bremsklötze. Sie schaute aus einem Fenster. Mit der rechten Hand hielt sie ihr Haar zusammen, die linke hatte sie in den Fahrtwind gestreckt. Sie winkten ihr beide, bis der Zug in einer Kurve verschwand.

Himmelsbach

Wer von Süden her in unser Städtchen kam, sah rechts die Spanische Weinhalle. Dort konnte man Rioja und Clarete trinken, es gab aber auch Bier aus der Klosterbrauerei. Die Bauämtler saßen hier, der Coiffeurmeister von nebenan und der Bäcker von gegenüber.

Dreißig Meter weiter vorn stand das Hotel Rössli. Es war ein imposantes Gebäude, das mit seiner blumengeschmückten Fassade gepflegte Gastlichkeit vorspiegelte. Hin und wieder verirrte sich ein Reisender hierher, man sah ihn am Abend zwischen den Kartenspielern sitzen.

Ging man noch weiter ins Städtchen hinein, kam man in die Oberstadt. Das war eine schöne alte Gasse mit Pflastersteinen und Geschäften in den Erdgeschossen. Es gab einen Uhrenladen, eine Metzgerei, das Strickwarengeschäft der Geschwister Bühler, eine weitere Bäckerei und die Papeterie. Wenn man hier einkaufen ging, an einem schönen Sommermorgen, und die Sonne die Häuserfassaden zum Leuchten brachte, grüßte man sich zuvorkommend und wechselte zwei, drei Sätze. Der Metzger stand im weißen Schurz vor der Tür und wischte sich die Hände ab. Der Besitzer der Papeterie saß auf einem Stuhl vor der Tür und las das Tagblatt. Den Uhrmacher sah man im Laden stehen und durch eine Linse, die er vors linke Auge geklemmt hatte, eine offene Uhr untersuchen.

So war das immer gewesen, seit ich mich erinnern kann, es schien sich nichts zu ändern in dieser Gasse.

Die Wirtschaft neben dem Uhrmacherladen hieß Schlüssel. Es war eine üble Spunte. Schon mit fünf Jahren hatte man zum ersten Mal einen Blick durch das breite Fenster geworfen. In Kopfhöhe hing dort eine gelbe Messingstange, die einen durchlöcherten Tüllvorhang trug. Dieser Tüllvorhang war durchsichtig, und dahinter sah man die Trinker sitzen. Es wäre übertrieben zu behaupten, sie wären verachtet gewesen. Sie wurden übersehen, wenn es ging. Wenn sie leicht schwankend die Gasse überquerten, bestaunte man sie aus den Augenwinkeln.

Es waren alte Männer, die längst einen Übernamen erhalten hatten. Sie rauchten, sie hatten kleine Träschgläser vor sich stehen, sie schwiegen in den Abend hinein. Hin und wieder saß auch ein Junger bei ihnen, einer von den Leuten aus der Ringmauer, von denen man wußte, daß es ihnen nicht gutging.

Immer aber saß in der Ecke dicht am Fenster ein glatzköpfiger kleiner Mann, den man Toni nannte. Neben sich an der Wand hatte er ein Foto und eine Urkunde hängen. Man hatte beides noch nie von nahe gesehen. Aber jedermann im Städtchen wußte, was für ein Foto das war. Es zeigte den jungen Toni in der Uniform der Fremdenlegion, und auf der Urkunde darunter war auf französisch zu lesen, daß Toni acht Jahre lang in der Legion Dienst getan hatte.

Was das war, wußte niemand genau. Immerhin hatte man in der Schule das Gedicht auswendig gelernt mit dem Anfang: »Im afrikanischen Felsental marschiert ein Bataillon, sich selber fremd, eine braune Schar der Fremdenlegion.« Das waren unheimliche Verse, und Toni hatte sie erlebt. Er hatte sich mit arabischen Räuberbanden herumgeschlagen, er war bei Vollmond durch die Wüste geritten, und vielleicht hatte er sogar getötet. Das war so unerhört, daß es Toni eigentlich gar nicht geben durfte. Aber er saß dort in der Ecke, man konnte ihn jeden Tag sehen.

Ich wuchs auf in diesem Städtchen, wie es damals üblich war. Ich war brav und versuchte, gescheit zu sein. Meinen Kollegen ging es nicht anders. Nur einen hatten wir in der Schule, der schien nicht richtig zu uns zu passen. Er hieß Remo Studer.

Remo kam aus dem Dorf jenseits des Baches. Was sein Vater arbeitete, wußte niemand. Arm schien er nicht zu sein, Remo trug immer saubere Schuhe. Dumm war er nicht. Er schien nur keinen Wert darauf zu legen, brav und gescheit zu sein. Was auffiel an ihm, war die

Tatsache, daß er keinen richtigen Freund hatte. Er war immer überzählig. Auf der Schulreise wollte niemand neben ihm schlafen. Im Schulzimmer setzte sich keiner freiwillig neben ihn, und niemand schrieb von ihm die Lösungen der Hausaufgaben ab. Nur in der Handballmannschaft hatte er seinen festen Platz. Er war so stark am Ball, daß man nicht auf ihn verzichten konnte.

Einige Male versuchte einer von uns, sich mit ihm anzulegen. Die Püffe, die man zur Einleitung des Geplänkels austeilte, kamen aber so entschlossen zurück, daß keiner insistierte. Mit mir nicht, mein Lieber, sagte er dann, das war sein Lieblingssatz. Er schien unantastbar zu sein.

An einem Ersten August auf dem Heiternplatz oben, als der Redner den Geburtstag der Eidgenossenschaft beschworen hatte und die Stadtmusik die Landeshymne spielte, sah ich ihn vorn unter der Linde stehen, von wo man über das Städtchen in den Jura hineinsah. Er schien wehmütig zu sein und fremd hier oben. Er rauchte eine Zigarette. Als er mich sah, kam er zu mir. Willst du auch eine? fragte er und hielt mir die Packung hin. Ich schüttelte den Kopf. Weißt du, sagte er, das Beste, was es im Leben gibt, ist ein Freund. Jemand, der in der Not zu dir hält. Willst du mein Freund sein?

Ich fand das seltsam, denn ich hatte viele Freunde. Und in Not war ich nicht. Trotzdem willigte ich ein. Wir gaben uns die Hand.

Aus dieser Freundschaft wurde nicht viel. Es blieb so, wie es gewesen war. Remo blieb überzählig. Einige Male kam er zwar in der Schulpause zu mir und erzählte irgend etwas von einem Messer, das er im Wald vergraben hatte, oder von Mädchen, die am Bach auf ihn warteten. Mich interessierte das nicht groß. Man wußte, daß er Geschichten erfand, um anzugeben.

An einem Novembernachmittag, als das Städtchen in dichtem Nebel lag, ging ich wie gewohnt in die Oberstadt, um einzukaufen. Die Gasse war leer, die Händler warteten in ihren Läden. Vom Hotel Rössli aus sah man nicht einmal mehr zur Kirche hinunter, so dicht hing der Nebel. Im Schlüssel brannten die Lampen. Ich warf einen Blick hinein. Toni lehnte in seiner Ecke. Daneben saß Remo vor einem Träschglas. Er schwieg, es schien alles gesagt zu sein.

Ich weiß nicht mehr, was Remo nach der Schule unternahm. Wahrscheinlich fing er irgendeine Lehre an. Niemand machte sich Sorgen um ihn, er war kein Fall für Berufsberater. Mit mir nicht, mein Lieber, hatte er gesagt. Das glaubte man ihm.

Einige Zeit später besuchte ich selber den Schlüssel, allerdings nur als Zaungast. Ich saß da und schwieg, ich wollte entkommen und wußte nicht wie. Es saßen immer noch die gleichen Männer am Tisch. Sie schienen nicht zu altern. Warum sie mich akzeptierten, weiß ich nicht. Vermutlich waren sie über jeden froh, der sich zu ihnen setzte und mit ihnen auf etwas wartete, das nie kam.

Gegen Mitternacht, kurz bevor der Wirt die Polizeistunde ausrief, fing Toni an zu singen. Wir verstanden nie, was er sang, wir wußten nur, daß es ein französisches Lied war. Er sang leise und gedehnt, die Stimme blieb auf einzelnen Tönen sitzen und hielt sie lange aus. Dann brach sie abrupt ab. Nach einer Pause setzte sie wieder ein mit schnellen Tönen, die Toni Mühe machten, die er aber durchzog, bis er wieder einen Ton gefunden hatte, auf dem er ausruhen konnte. Die Augen hatte er geschlossen. Nie war er so betrunken, daß er nicht mehr singen konnte, und nie schwankte er, wenn er kurz vor Wirtschaftsschluß allein zur Tür hinausging.

Einmal, als ich spät am Abend noch schnell den Schlüssel betrat, saß Remo am Tisch. Er war älter geworden in der Zeit, in der wir uns nicht gesehen hatten, viel älter als ich. Zu sagen gab es nichts, denn Toni sang, und Remo summte die Melodie leise mit.

Als sich die Wirtschaft geleert hatte, spazierten wir noch zur Kirche hinunter. Wir setzten uns auf die Bank neben der Brauerei, und er fing an zu erzählen.

Er war nach Mulhouse gefahren, weil er nicht mehr wußte, was tun, und hatte sich in die Legion eingeschrieben. Schon am ersten Tag hatte er einen neuen Namen bekommen. Er hieß fortan Pierre Himmelsbach. Zuerst hatten sie einige Wochen in der Kaserne verbracht. Dann wurden sie nach Marseille transportiert, wie Vieh, sagte er. Immer wenn der Vorgesetzte den Namen Himmelsbach gebrüllt hatte, hatte er mit *présent* antworten müssen. Das sei die einzige Schwierigkeit gewesen, sagte er, man hänge schließlich am eigenen Namen.

In Marseille warteten sie auf das Schiff nach Algerien. Keiner versuchte zu entkommen, denn Afrika war nahe, und in Afrika wartete ein neues Leben. Zudem sei die Kameradschaft von Anfang an prima gewesen. Es seien wilde Burschen darunter gewesen und auch traurige, und einer habe kein Wort gesagt außer *présent.* Am schönsten sei es gewesen, wenn sie gesungen hätten. Sie hätten das Lied gelernt, das Toni immer singe, es sei ein Lied der Freundschaft.

Kurz vor der Abfahrt des Schiffes habe ihn die Polizei herausgeholt. Sein Onkel habe offenbar Anzeige erstattet. Sie hätten ihn gefunden trotz des neuen Namens. Es sei ihm eigentlich egal gewesen, denn ein bißchen Angst habe er schon gehabt. Jetzt sitze er eben wieder hier in diesem Städtchen. Er wisse immer noch nicht, was tun. Aber das kümmere seinen Onkel natürlich nicht. Am liebsten wäre ihm ein guter Freund, einer, der zu ihm halte. Toni sei schon recht, aber er sage nie ein Wort. Ob nicht ich sein Freund sein möchte? Er würde zu mir stehen in guten und in bösen Tagen, er würde mich herausholen aus jeder Gefahr.

Es muß eine Herbstnacht gewesen sein damals, es war ziemlich kühl. Das Städtchen lag ruhig um die Kirche herum. Kein Mensch war mehr unterwegs. Wir hörten zu, wie die Turmuhr schlug. Dann ging ich heim.

Der Matrose

Er war sechzehn, er war kerngesund und verliebt. Am Vorabend hatte er noch unter Linden getanzt. Er hatte ein Mädchen mit blonden Locken im Arm gehalten. Sie hatten sich im Rhythmus einer Handorgel gewiegt, der Duft der Lindenblüten hing immer noch in seiner Nase. Als die Musik aufgehört hatte, waren sie durch das schlafende Städtchen zur Aare hinuntergegangen. Sie hatten sich auf eine Bank gesetzt, wortlos, und sie hatten zugeschaut, wie der Fluß langsam hell wurde. Er hatte durch sein blaues Konfirmandenkleid hindurch ihren Leib gespürt, er merkte, wie sie fröstelte. Als eine Ente aus dem nahen Schilf aufflog und flußabwärts verschwand, beugte er langsam den Kopf hinüber, bis er ihre Wange berührte. So blieben sie, bis die Sonne aufging.

Am Nachmittag packte er den alten Tornister und stellte sich an die Straße. Ein Lastwagenfahrer nahm ihn mit. Sie rollten über die Jurahöhen, der weiße Fels flimmerte im Sonnenlicht.

In der Dämmerung erreichte er den Rheinhafen. Ein Mann führte ihn über mehrere aneinanderliegende

Schiffe. Dasjenige gegen den Fluß hin hieß Sonvico. Es würde am frühen Morgen abdrehen zur Flußmitte und Richtung Holland schwimmen.

Jens, der Matrose, führte ihn nach vorn in die kleine Kajüte. Er rollte den Schlafsack auf dem Boden aus, stieg wieder an Deck und schaute in den Himmel, an dem die Sterne erschienen. Die Hitze stieg aus den Schiffsrümpfen in die kühle Nacht. Auf einem Kahn nebenan spielte jemand Handorgel, eine Frau lachte. Zwei Wildenten schwammen über das dunkle Wasser. Er stieg in die Kajüte und legte sich hin.

Als er erwachte, hörte er das Tuckern des Motors. Das Schiff lag mitten im Strom, die beiden Ufer waren weggerückt. Er sah nur Wasser und Bäume, und einmal tauchte die Spitze eines Kirchturms auf. Er holte unten das Brot und Salami, setzte sich an die Sonne und aß. Ein Schiff fuhr vorbei. Es war voll beladen und brauchte die ganze Kraft des Motors, um flußaufwärts zu kommen. Der Mann in der Steuerkabine winkte, und er winkte zurück.

Am Abend schaute er zu, wie Jens den Anker ins Wasser hinunterließ. Er sei achtzehn, erzählte er, gebürtiger Holländer, aber er habe immer auf dem Wasser gelebt. Die rostige Kette glitt von der Rolle durch die Öffnung im Bug, man hörte, wie der Anker ins Wasser tauchte. Dann setzte der Motor aus. Die Rolle drehte noch immer, bis ein Ruck durch das Schiff ging. Das

Schiff schwamm weiter flußabwärts, aber langsamer jetzt, es drehte ab und stellte sich quer. Einige Glieder der Kette verrutschten knarrend unter der Kraft der Strömung, der Anker hatte sich festgesetzt. Der Kahn schob seinen Hinterteil parallel zum Fluß, dann lag er ruhig.

Sie stiegen in die Kajüte hinunter. Er schaute zu, wie sich Jens rasierte und das saubere Kinn mit Kölnischwasser besprengte. Es roch nach Frühling im niederen Raum. Dann zog Jens sein Leibchen aus, zeigte seine Muskeln und lachte. Er nahm aus einer Schublade ein frisches Hemd, schlüpfte hinein und kämmte sich. Komm mit, sagte er, ich kenne hier Frauen.

Es war schon dunkel, als sie nach hinten gingen und das kleine Boot ins Wasser hinunterließen. Der Mond war nicht zu sehen, der Himmel hing voller Sterne. Jens ruderte zum Ufer. Sie zogen das Boot ans Trockene und stiegen die Böschung hoch. Jenseits des Dammes lag eine Wirtschaft. Sie gingen hinein.

Der Raum war fast leer. In einer Ecke tranken drei Männer Bier. An der Theke saßen zwei magere Mädchen. Jens bestellte Wurst und Bier. Iß, sagte er, du brauchst Kraft.

An der Wand hing ein Fischernetz. Bemalte Holzfische steckten darin, ein getrockneter Igelfisch, Schalen von Krebsen und ein roter Seestern. Darüber streckte ein Hecht seinen Kopf in den Raum.

Wohin willst du eigentlich? fragte Jens. Ans Meer, sagte er. Und warum? fragte Jens. Ich weiß nicht, sagte er.

Eine Frau brachte Bier und Wurst. Sie beugte sich so über den Tisch, daß man ihre schwarzen Brustwarzen sah. Sie trug lange künstliche Wimpern.

Hast du schon einmal eine Frau gehabt? fragte Jens, als sie verschwunden war. Er zuckte die Schultern. Wenn du einmal damit angefangen hast, sagte Jens, kannst du nicht mehr aufhören damit. Es ist das Schönste, was es gibt.

Sie aßen und tranken. Die dort links an der Theke, erzählte Jens, die kenne ich. Ich gehe immer zu ihr, wenn wir hier ankern. Sie ist das schärfste Mädchen am Oberrhein. Die andere ist auch nicht schlecht. Ich rede mit ihr, wenn du sie haben willst.

Er merkte, wie ihm das Bier in den Kopf stieg, es war ein wohliges Gefühl. Er dachte an die vergangene Nacht, an den fröstelnden Mädchenleib und an die Ente, die aus dem Schilf aufgeflogen war.

Später schaute er zu, wie Jens mit seinem Mädchen tanzte. Die beiden bewegten sich kaum. Bloß ihre Hüften verschoben sich im Takt der Musik. Dann verschwanden sie durch die Tür hinter der Theke.

Er bestellte noch ein Bier. Die Frau mit den langen Wimpern brachte es. Sie rieb ihre Hüfte an seinem Arm. Er zog ihn weg und schaute zum Mädchen an der Theke hinüber. Sie hatte den Kopf leicht abgedreht. Schwarzes Haar fiel über ihre Wangen. Den linken Fuß hatte sie auf die Stütze am Barstuhl gestellt. Ihr Rock war hochgerutscht, man sah ihren weißen Schenkel. Plötzlich warf sie den Kopf nach hinten und schaute ihn an. Sie hatte ein schmales Gesicht und dunkel geschminkte Lippen. Er senkte die Augen.

Als sie nach Mitternacht über den Fluß zum Schiff zurückglitten, lag er auf dem hinteren Sitz und schaute in den Himmel. Er hörte das Wasser gurgeln, die Ruder tauchten regelmäßig ein. Im Osten stand der abnehmende Mond. Die Sterne waren fast alle verschwunden. Es duftete nach Sommer, nach Heu und fließendem Wasser.

Du träumst, sagte Jens. Du mußt die Frauen lieben, solange du jung bist. Den Himmel kannst du noch lange anschauen.

Er hörte die Musik von gestern nacht. Sein Mädchen hatte ein rotes Kleid getragen, und sein Kopf hatte an ihrer Wange gelegen.

Der Mann am Saxophon

Ich kenne nicht einmal mehr seinen Namen. Und wenn wir uns auf dem Marktplatz der Stadt, in der ich wohne, begegnen würden oder irgendwo auf einem Spaziergang im Wald, wir würden uns kaum noch erinnern. Höchstens ein Zucken im Hinterkopf würde Wärme signalisieren, Hoffnung, eine schnelle Möglichkeit zum Entschluß. Vielleicht auch würden seine wasserblauen Augen für einen Moment meinen Schritt hemmen. Aber wer achtet schon auf solche Zeichen? Ich weiß nicht einmal, ob er noch lebt.

Vor rund dreißig Jahren trug er enge Hosen aus grobrilligem, hellbraunem Manchester, sogenannte Röhrchenhosen. Wenn es kalt war, trug er einen Dufflecoat, der aussah wie aus Kamelhaar. Er war sehr billig gewesen und kam aus Rotterdam. Mein Freund war auf einem Schlepper den Rhein hinuntergefahren und hatte sich einige Tage im Hafenviertel umgesehen. Stinknormal sei es gewesen, erzählte er mir, Liebe gäbe es wie überall und Bier auch. Es komme bloß darauf an, wieviel Geld einer habe.

Wir besuchten beide die Kantonsschule, aber wir

waren nicht in derselben Klasse. So sahen wir uns fast täglich im Pausenhof. Mir gefielen seine hellbraunen Haare. Sie waren für damalige Verhältnisse viel zu lang. Merkwürdigerweise hörte ich nie davon, daß irgendein Lehrer reklamiert hätte. Wahrscheinlich wurde jeder aufkeimende Widerwille gegen die ungewohnt langen Locken sogleich besänftigt vom matten Glanz, den mein Freund ausstrahlte. Seine Gehweise war so ruhig wie das Wiegen eines Kamels. An seiner Stimme war nichts Besonderes, außer daß man ihr überrascht zuhörte. Und seine wasserhellen Augen waren die eines Engels.

Ich beneidete ihn. Man sah ihm an, daß er genau das tat, was er wollte. An der Kantonsschule war er nur Gast. Nach vier Jahren würde er wie alle andern die Matura machen, das war klar, aber ebenso klar war, daß er dieses Zeugnis weder brauchte noch wollte. Das Leben an der Kantonsschule war für ihn bloß eine angenehme Zeit, in der er sich erholte für das, was danach kam. Er sammelte Kraft. Denn Kraft, das sah man, würde er nach der Maturitätsprüfung bitter nötig haben. Er besaß ein Baritonsaxophon wie Gerry Mulligan, er konnte sogar darauf spielen. Wir trafen uns einige Male in einer Hinterhofbeiz, in der ein Klavier stand. Der Mann an der Trompete hatte einen Hut auf. Derjenige am Schlagzeug trug einen Bart, das war sensationell. Von den übrigen weiß ich nichts mehr. Aber wir waren alle Existentialisten. Wir wußten, daß es nutzlos war, sich zu wehren gegen die dumpfe Brut, daß es aber Dinge gab, wie z. B. Mulligan, die das Leben trotz allem lebenswert machten.

Ich saß am Klavier. Ich konnte es kaum fassen, daß mich mein Freund eingeladen hatte, ich zitterte vor jedem neuen Stück. Wir spielten die klassischen langsamen Blues, und ich hielt mich leidlich. Nur wenn der Mann am Saxophon ansetzte zu einem schleppenden Solo, das fast ein bißchen an Mulligan erinnerte, brach ich ein. Mein Freund sagte nie etwas deswegen, er fand es immer gut, daß ich dabei war. Und auch die andern fanden mich nett.

Ich bewunderte ihn, wie er dastand. Er wippte nie im Takt, er bewegte keine Zehenspitze. Nur die Augen hatte er geschlossen. Offensichtlich hörte er gern, was aus seinem Saxophon kam. Er hatte sich nicht ans Klavier fesseln lassen wie ich. Er stand frei im Raum und blies in das Instrument, das er liebte. Ich weiß nicht mehr, was aus dieser Jazzgruppe geworden ist. Ich verlor mit der Zeit die Lust, da ich am Klavier einfach nichts wert war, und für die Posaune war es zu spät. Auch die andern ließen es vermutlich bald sein. Bis auf meinen Freund. Wir verloren uns aus den Augen. Es ist schwer zu sagen, warum. Es gab einfach keinen Grund, sich zu sehen. Ich ging nach der Maturitätsprüfung an die Universität und dann in die Rekrutenschule.

Später in einem Sommer, als ich unglücklich verliebt war, fuhr ich nach Paris. Im Hotel, in dem ich mich einmietete, traf ich meinen Freund. Wir begegneten uns auf der Treppe, als er eben sein Zimmer verlassen wollte. Es war ein sehr kleines Zimmer, in dem nur ein Bett mit einem Eisengestell Platz hatte. Darauf saß ein wunderschönes Mädchen mit blauen Augen, und daneben lag das Baritonsaxophon.

Wir freuten uns beide, als wir uns sahen. Wir wechselten einige Sätze und verabredeten uns auf später.

Als ich mich nach zwei Tagen nach ihm erkundigte, sagte mir der Concierge, die beiden seien verreist. Er wisse auch nicht wohin.

Der Browning

Sehen Sie, junge Frau, es ist nicht ganz so, wie Sie meinen. Ich sehe zwar aus wie ein Schuft, ein Halunke. Meine Jacke ist an den Taschen eingerissen und hinten ausgefranst, mein Haar ist viel zu lang. Ich bin zeitlebens der Meinung gewesen, was wachsen wolle, solle wachsen, mein Alter, meine Fingernägel, mein Haß. Ich bin gegen jede Veränderung meine Person betreffend, ich halte nichts von voreiligen Entscheidungen. Ich gehe durchs Leben als Schatten. So haben Sie mich angetroffen, draußen auf der Straße, als Sie mich fragten, ob es mir nicht gutgehe.

Ich habe die Opfer rufen hören. Haben Sie die Schreie nicht vernommen? Deutliche Stimmen, aus der Kanalisation, aus der Gruft. Wo ist dein Bruder Abel?

Haben Sie Dank, daß Sie mich mitgenommen haben hierher in diese Bar. Lassen Sie mich sagen, daß es mir ganz gut geht, besonders jetzt, da ich mit einer freundlichen Dame reden kann. Oder darf ich Fräulein zu Ihnen sagen? Nein? Tut nichts zur Sache. Indessen will ich Sie versichern, daß das Wort Fräulein in meiner Jugend einen wundervollen Klang hatte. Darin schwang Hoffnung mit auf eine herzliche Zukunft. Ich weiß, es hat sich inzwischen verbraucht, wie andere Wörter auch. Ich werde es also nicht mehr benützen.

Schauen Sie, in dieser Tasche zu meinen Füßen habe ich meine Siebensachen liegen. Wäsche, Zahnbürste, ein paar Schreibhefte und Bücher. Auch ein Browning ist dabei. Sie wissen nicht, was das ist? Ein Browning ist eine Pistole. Klein, schwarz, auf kurze Distanz tödlich. Erschrecken Sie bitte nicht, bleiben Sie hier, trinken Sie in aller Ruhe Ihr Glas aus. Ich habe nicht vor, jemanden zu erschießen. Wenn Sie gestatten, will ich Ihnen die Geschichte dieser Pistole erzählen.

Ich bin in einer Idylle aufgewachsen. Kurz vor dem Zweiten Weltkrieg geboren, eingebettet in altem Bauernland. Es war richtig gemütlich in jener Gegend, der Menschenschlag lieb und freundlich, einfache Leute. Man hat sich geholfen, so gut es ging.

Dann kam der Krieg. Ich erinnere mich an Soldaten in grünen Uniformen, an Pferde, die Kanonen zogen, an die Rationierungsmarken, die meine Mutter für jedes Pfund Brot hinlegen mußte. Später an die Flugzeuge oben in der Nacht, an die glitzernden Metallstreifen, die am andern Morgen in den Wiesen lagen.

Ich kann Sie versichern, daß ich keinen einzigen Menschen gekannt habe, der für Hitler gewesen wäre. Sie alle haßten das braune Geschrei, das ab und zu aus dem Radio drang. Ich habe nie ein böses Wort gegen die

Juden gehört. Esther Guggenheim im Kindergarten war eine von uns. Ich weiß, daß das nicht überall so war in der Schweiz. Aber bei uns war das so.

Unser Häuschen stand an der Eisenbahnlinie, die zum Gotthard führte. Wir hörten des Nachts die Züge, die gegen Süden rollten. Wir wußten, daß es Güterzüge waren, die Waffen und Waren nach Italien führten. Das gefiel uns nicht, aber man nahm es hin, da man es als notwendig erachtete. Vom sogenannten Nazigold haben wir alle nichts gewußt. Diese Geldkanäle waren heimlicher Art, es waren dunkle Geschäfte. Hingegen hat man, auch im einfachen Volke, schon früh von Judenverfolgung und Mordlagern gehört. Das ist bis zu uns Kindern durchgedrungen, und wir sind zu Esther noch freundlicher gewesen, mit schüchterner Zuvorkommenheit.

Darf ich Ihnen meinen Vater vorstellen? Er kam aus einem Bauerndorf an der Aare unten, hatte mit sieben seinen Ernährer verloren, was damals ein ökonomisches Unglück war. Da er gescheit war, hat der Pfarrer bestimmt, daß er mit fünfzehn ins Lehrerseminar Wettingen ging. Später hat er eine Zusatzausbildung gemacht und ist Gewerbelehrer in einem aargauischen Landstädtchen geworden.

Als er sich zur militärischen Aushebung stellen mußte (es muß 1924 gewesen sein), hat er seinen älteren Bruder gefragt, wie es im Militär sei. Blödsinn, hat dieser gesagt, Schwachsinn. Als der Aushebungsoffizier meinen Vater fragte, ob er wirklich Militärdienst leisten wolle, hat er gesagt: Nein. Der Offizier hat ihm einen Kropf attestiert, und somit war mein Vater dienstuntauglich. Er hat nie einen Kropf gehabt. Aber sechs Jahre nach dem Ersten Weltkrieg war man allgemein der Meinung, daß nie mehr ein so blödsinniges Menschenschlachten stattfinden würde, und man hat auch in der Schweiz abgerüstet.

Mein Vater ist nie ein linker Pazifist gewesen. Ich würde ihn als Möchtegern-Bürgerlichen bezeichnen. Sein oberstes Ziel war es, gesellschaftlich und finanziell weiterzukommen. Das war seiner Meinung nach am besten bei einer bürgerlichen Partei möglich. Aber eine Windfahne war er nicht, dies bitte ich, mir zu glauben.

Er war Antifaschist vom Scheitel bis zur Sohle. Als 1939 klar wurde, daß es Krieg geben würde, hat er sich im Städtchen den Browning gekauft. Ich habe ihn schon früh entdeckt, als ich Vaters Nachttischschublade durchstöberte. Dort lagen neben einer Büchse Vaseline, drei von Mutter einwandfrei gebügelten Taschentüchern und einem Sackmesser eine Pistole und Patronen. Erschrekkend eindeutig lag sie da, schwarz, nach Öl duftend, die Patronen kurz und oben abgerundet.

Ich weiß nicht mehr, wann ich ihn danach gefragt habe. Ich weiß nur noch seine Antwort. Damit hätte er, so hat er gesagt, versucht, drei stadtbekannte Nazis zu töten, wenn die Deutsche Wehrmacht einmarschiert wäre. Auf meine Frage, was er denn anschließend getan hätte, hat er geantwortet, er wäre in den Wald hinaufgerannt, um sich zu verstecken.

Das war für mich eine unglaubliche Geschichte. Mein Vater ein Freiheitsheld, ein Guerillakämpfer? Und das mitten in der Idylle?

Was wäre mit uns geschehen? habe ich anderntags meine Mutter gefragt. Das wisse sie nicht, hat sie gesagt, der Vater sei eben so einer.

Was war er denn für einer? Ich erinnere mich an einen kräftigen jungen Mann. Flink war er, entschlossen, ein Mensch aus der alten Zeit. Das Leben sei ein Kampf, hat er mir einmal gesagt. Ich habe ihm das nicht geglaubt. Für mich war das Leben Liebsein, Gutsein, Helfen. Er hat es anders gewußt.

Er hat hart gearbeitet in jenen Jahren, hat in der Freizeit die Buchhaltungen verschiedener Firmen besorgt. Er hat sich hochgekämpft und für sich und seine Familie ein Häuschen gekauft.

Ob ich ihn geliebt habe, wollen Sie wissen? Ja, ich habe ihn geliebt, so, wie eben ein Sohn seinen Vater lieben kann, der ihn nach alter Schule erzieht. Ohrfeigen, wann es ihm paßte, Schläge mit dem scharfkantigen Lineal. Man hat die heranwachsende Jugend nicht erzogen, man hat sie dressiert wie Hunde. Das war allgemein so, auch in der Schule. Wer widersprach, bekam die Faust ins Gesicht. Kaugummi war verboten, Küssen auch, weil sexuell und lasterhaft. Eine eigene Musik für die Jugend existierte nicht, außer dem Jazz. Doch der war auch verboten. Wir wurden auf Zähigkeit gedrillt, und so wurden wir zäh. Oder glauben Sie, ich könnte mein derzeitiges Leben sonst noch ertragen?

Der einzige Lichtblick waren die Frauen. Sie haben mir stets geholfen, angefangen bei meiner Mutter bis hin zur Magd des benachbarten Bauern. Leider hatten sie nicht die Macht, selbständig zu entscheiden, was z. B. mit ihren Söhnen geschehen sollte. Das taten die Männer. Meine Mutter hat es heimlich versucht. Sie hat in mich den Keimling der Liebe und der Vernunft gelegt, und dieser Keimling hält sich noch immer in mir.

Die Idylle ist endgültig zerbrochen, als ich eines Morgens, als Vater in der Schule war, seinen Schreibtisch durchsuchte. Er hat dort in einem Kuvert die Briefmarken der eingehenden Post aufbewahrt, die ich mir gern anschaute. Ich glaube, es war 1945, kurz nach dem Krieg. Jedenfalls fand ich ein broschiertes Büchlein. Als ich darin blätterte, sah ich einen Hügel aus Leichen. Er war etwa fünf Meter hoch, die Leichen bestanden aus Haut und Knochen. Sie waren nackt. Zuoberst stand ein Mann in Uniform und hielt einen der toten Körper in Händen, um ihn zu zeigen. Offensichtlich ließ er sich gern fotografieren, er grinste selbstgefällig.

Dieses Bild habe ich nie mehr aus meinem Kopf gebracht. Es tauchte zwar selten auf, aber plötzlich, ohne daß ich wußte warum, erschien es wieder, und ich sah den Mann mit der dürren Leiche.

Ich habe das Bändchen sogleich wieder geschlossen und so hingelegt, wie ich es gefunden hatte. Ich habe versucht, weiterzuleben wie zuvor. Aber ich war ein anderer geworden. Ich habe geträumt davon, undeutlich zwar, nicht in genauen, erinnerbaren Bildern. Etwas war in mir wie eine verborgene Ader. Das Wasser der Trauer, des Schreckens floß durch mich. Nicht einmal der Mutter habe ich davon erzählt.

Es ist schwer für mich, darüber zu reden. Ich kann es nur, weil Sie auf der Straße draußen so freundlich waren zu mir. Ich kenne Ihren Namen nicht, ich will ihn nicht wissen. Aber ich bitte Sie, noch einen Moment zu bleiben und die Geschichte fertig zu hören.

Nach ein paar Tagen habe ich das Büchlein wieder hervorgeholt. Der Leichenhügel war noch da, der Mann grinste. Ich habe geblättert und weitere Leichenhaufen gesehen. Brandmagere Menschen standen da mit übergroßen Augen. Nackte Frauen, ihr Geschlecht war an den breiten Hüftknochen erkennbar. Kinder mit Greisengesichtern, gräßlich irreal, präzise fotografiert und also doch Wirklichkeit.

Ich muß gestehen, daß mich diese Bilder nicht nur erschreckt, sondern auch seltsam fasziniert haben. Sie waren so unglaublich, so absurd interessant, daß ich sie noch ein paarmal hervorgeholt und genau angeschaut habe, wie etwas Verbotenes. Man könnte den Grund meiner Neugierde wohl als Faszination des Grauens bezeichnen. Mir ist das egal, ich gebe nichts auf Begriffe. Ich weiß nur, daß ich immer wieder hinschauen mußte.

Bis ich eines Tages genug hatte davon. Vielleicht habe ich mich meiner Neugierde geschämt. Es kann auch sein, daß sich in mir der Lebenswille regte. Leben konnte ich nur, wenn ich jenes Büchlein vergaß.

Später, als ich bereits gegen zwanzig war und nicht mehr zu Hause lebte, habe ich meinen Vater gefragt, woher er es hatte. Er hat ausweichend geantwortet. Er habe es von einer Organisation erhalten, die über Schaffhausen Informationen über den Naziterror ins Land geschmuggelt habe.

Was für eine Organisation? Ob er Mitglied gewesen sei? Das wisse er nicht mehr. Wo er das Büchlein jetzt habe? Er habe es weggeworfen. Aber den Browning hast du noch? fragte ich. Ja, sagte er, er liegt immer noch in meiner Nachttischschublade. Man weiß ja nie. Warum hast du ihn überhaupt gekauft? Du hast doch gewußt, daß dein Plan die ganze Familie ausgelöscht hätte.

Dieses eine Mal gab er mir eine eindeutige Antwort. Er wollte mir diesen Punkt genau erklären. Ich habe in der Schule immer gegen Hitler geredet, erzählte er, und das hat nicht allen gefallen. Ich habe dann gehört, daß mein Name auf der schwarzen Liste der hiesigen Hitleranhänger stand. Das hat bedeutet, daß ich sogleich erschossen und meine Familie ausgelöscht worden wäre, wenn die Wehrmacht einmarschiert wäre. Also wäre es aufs gleiche herausgekommen, wenn ich noch drei dieser Verbrecher getötet hätte. Lebend hätten sie mich ohnehin nicht erwischt.

Das ist lange her, junge Tochter, wenn Sie mir diese Anrede gestatten. Ja? Ich danke Ihnen. Ich selber habe keine Kinder. Es freut mich, wenn Sie mir für eine Stunde mit Ihrer Person aushelfen.

Ich habe später an der Universität einige Semester Geschichte studiert und versucht, Schriftsteller zu werden. Ich habe viel geschrieben und daran gearbeitet, die letzten Kriegsjahre episch darzustellen. Meine Jugend eben, die helvetische Idylle, durch die ein Riß lief wie ein Sprung im Spiegelglas. Dieser Riß war sehr fein und kaum erkennbar, er hat aber ausgestrahlt und die spiegelnde Fläche stumpf gemacht. Ich habe das seit dem Auffinden jenes Büchleins immer gewußt, und einige meiner Kolleginnen und Kollegen wußten es auch. Nur die ältere Generation, die uns noch immer, wenn auch mit zunehmender Hilflosigkeit, zu dressieren versuchte, beharrte auf der Reinheit der Spiegelfläche, in der die idyllische, humane Friedensinsel aufleuchten sollte.

Um 1970 ist Häslers Geschichtsbuch »Das Boot ist voll« erschienen, das die schweizerische Flüchtlingspolitik im Zweiten Weltkrieg behandelt. Ich habe darin zum ersten Mal davon gelesen, wie unmenschlich, ja vom ethischen Standpunkt aus wie kriminell die offizielle Schweiz mit den Flüchtlingen umgegangen ist, die in unser Land fliehen wollten oder geflohen waren. Ich habe von den Schreibtischtätern in Regierung und Ämtern vernommen, die Tausende von Menschen auf dem Gewissen hatten. Von der schweigenden Mehrheit im Parlament, welche die Ermordung unschuldiger Menschen widerspruchslos hingenommen hat. Vom Judenstempel, von der sogenannten Rückführung ganzer Familien, die das rettende Eiland Schweiz bereits erreicht hatten und trotzdem zurückkehren mußten in den sicheren Tod.

Ich muß sagen, daß ich einiges Verständnis habe für die Männer, die damals in unserem Land regierten. Ich bin kein Zelot, ich weiß, daß es im Leben keine Gerechtigkeit gibt. Ich weiß auch, wie schwierig die Lage für unser Land damals war. Die Transporte von Waren und Waffen durch den Gotthard mußten wohl sein. Und die verfluchten Geldgeschäfte mit den Nazis haben beigetragen, die Selbständigkeit der Schweiz zu erhalten. Aber weshalb hat man Flüchtlinge in den Tod geschickt?

Sie dürfen indessen nicht meinen, die Schweiz habe bloß aus solchen Anpassern bestanden. In Häslers Buch ist auch die Rede von Menschen, die sich den grausamen Vorschriften widersetzt haben. Ich will Sie nicht langweilen mit der Aufzählung dieser Namen. Einige sind ja in letzter Zeit allgemein bekannt geworden. Ich beharre aber darauf, daß es von diesen vernünftigen, barmherzigen Menschen wesentlich mehr gegeben hat, als Sie, die Sie sich jener Generation wohl schämen, wahrhaben wollen. Sie tauchen zwar in keinem Geschichtswerk auf, aber sie waren da. Mein Vater z. B. war einer von ihnen. Mein kleiner Gewerbeschullehrer, der gern Karriere gemacht hätte. Ein Duckmäuser in vielem, der sich der herrschenden Macht angepaßt hat, wo er nur konnte. Aber in diesem einen Punkt konnte er nicht. Er war gewiß kein Philosemit. Und bestimmt hat er einige der damals weitverbreiteten Vorurteile gegen alles, was nicht dem mittelländischen Normalmaß entsprach, ohne groß zu überlegen geteilt. Aber er war nicht bereit, tatenlos zuzuschauen, wie Menschen bloß wegen einer behaupteten Andersartigkeit umgebracht wurden. Um das zu verhindern, hat er den Browning gekauft.

Hier ist er, sehen Sie, er liegt klein und schwarz in meiner Hand. Keine Angst, ich behalte ihn unter der Theke, so daß ihn niemand sieht. Er ist geladen, aber Gefahr droht keine, er ist nicht entsichert. Auch weiß ich nicht, ob die Patronen noch zünden würden. Vermutlich nicht, sie sind zu alt.

Ich habe die Pistole aus der Nachttischschublade geholt, als mein Vater gestorben war. Das war mein erster Gang. Diese Waffe war der einzige Gegenstand meines Erzeugers, auf den ich stolz war. Ich bin noch heute stolz darauf. Sie verkörpert für mich seine Menschenwürde. In diesem Punkt waren wir uns einig. In anderen Punkten habe ich Vater verachtet, das muß ich der Wahrheit zuliebe zugeben, auch wenn es schmerzt. Aber mit diesem Browning hat er, der Menschlichkeit zuliebe, sein Leben aufs Spiel gesetzt.

Das ist die Geschichte, die ich Ihnen erzählen wollte. Jetzt sind Sie entlassen. Vielen Dank.

Sie wollen noch bleiben? Auf ein weiteres Glas? Gut, ich trinke noch einen Schluck mit Ihnen. Sie glauben mir, daß ich die Wahrheit sage, nicht wahr? Danke.

Ich habe das Lügen verlernt, als ich jenen Leichenhügel gesehen habe. Es war ein Einbruch des ganz realen Irrsinns in mein junges Gehirn. Ich habe mich später gefragt, ob auf jenem Hügel ein toter Mensch gelegen hat, der, als er noch lebte, in die Schweiz geflüchtet war und mit Polizeigewalt ausgeschafft worden war. Das wäre doch ohne weiteres möglich gewesen, nicht?

Eine Zeitlang habe ich einen Psychiater besucht, der mir helfen wollte, meine neurotische Lebensunfähigkeit, wie er es nannte, zu heilen. Das ging nicht, ich habe im Gespräch mit ihm meine Meinungen nicht geändert. Ich wollte das auch gar nicht tun. Sondern ich wollte mich weiterhin der Trauer und dem Entsetzen hingeben.

Ich habe mich gewundert in den Jahren nach dem Krieg, wie schnell sich die Leute verändert haben. Die ehemaligen Soldaten des Aktivdienstes haben Autos gekauft und sich in die Flugzeuge gesetzt, um in der ganzen Welt herumzufliegen. Mein Vater z. B. reiste nach Indien und nach Samarkand und kam mit einem Stapel Lichtbilder zurück, die er mir voller Stolz zeigte. Alle wollten ihr verpaßtes Leben nachholen und genießen, was sich bot. Sie haben geglaubt, das viele Geld, das sie plötzlich in Händen hielten und mit dem sie sich die halbe Welt untertan machen konnten, hätten sie mit eigener Leistung verdient. Als ob so etwas möglich wäre, daß ein Land plötzlich mit eigener Arbeit so reich werden könnte.

Ich kann das einigermaßen verstehen, junge Dame, auch wenn Sie den Kopf schütteln ob dieser meiner Verständnisfähigkeit. Aber ich weiß, daß sich niemand gern an Not und Elend erinnert. Und niemand gibt gern eigene Fehler zu.

Die Kriegszeit wurde entweder verdrängt oder schöngeredet. Die Schweiz wurde zum kompromißlosen Land stilisiert, das den Verbrechern konsequent die Stirn geboten hat.

Ich habe diese Lügen nicht mitmachen können. Das ist kein Verdienst von mir, ich schaffte es einfach nicht. Ich bin der Meinung, daß man die Wahrheit kennen und akzeptieren muß, um überleben zu können. Und dann waren in der Nacht die Rufe da, die mein Ohr suchten.

Ich bin zum Sonderling geworden, zum sich erinnernden, schreibenden Eremiten. Ich habe Seite um Seite gefüllt, alte, karierte Schulhefte, und habe sie in meiner Mansarde gestapelt. Ich habe Geschichten erfunden von verfolgten Menschen, die über den Rhein geschwommen waren ans rettende Schweizer Ufer. Von Dorfleuten, die ihnen geholfen haben. Von Dorfpolizisten, die sie über die Brücke zurückgeschickt haben. Ich habe einen Roman im Stil der Roten Zora geschrieben, mehrere hundert Seiten lang, über Flüchtlingskinder, die von einer Jugendbande versteckt wurden, und nur ich, ein siebenjähriger Junge, konnte sie am Schluß vor der Ausschaffung bewahren. Ich habe konzentriert gearbeitet mehrere Jahre lang, habe die Manuskripte sauber abgetippt und an Verlage geschickt. Ich habe nie Antwort erhalten. Vielleicht bin ich ja wirklich ein schlechter Schriftsteller, der nicht kunstvoll und spannend genug zu schreiben vermag. Aber die Echolosigkeit auf meine Texte hat mich doch erstaunt. Immerhin wäre wenigstens der Inhalt eine Antwort wert gewesen.

Ich habe aufgehört zu schreiben und nur noch geredet. Stundenlang, nächtelang habe ich in meiner Mansarde das Wort an Leute gerichtet, die nur in meiner Phantasie anwesend waren. Mein Zimmer war überfüllt von imaginären Figuren, denen ich meine verzweifelte Lage zu erklären versuchte. Die Verzweiflung bestand darin, daß ich zu spät gekommen war und nicht mehr helfen konnte. Ich habe mich jeweils wortreich entschuldigt, bis das Morgengrauen eingesetzt hat. Erst dann konnte ich schlafen.

Leider mußte ich feststellen, daß meine Besucher nach und nach ausblieben. Vielleicht habe ich sie mit meinem Lamento gelangweilt, sie hatten wohl wenig Zeit. Sie haben mir den Grund ihres Ausbleibens nie erklärt, sie haben geschwiegen.

Bis ich allein dasaß und der nackten Nacht ins Antlitz schaute. Dann plötzlich die Stimme: Wo ist dein Bruder Abel? Da habe ich gemerkt, daß ich nahe am Wahnsinn war. Das war ein Schock, ich weiß es noch genau. Ich habe auf meine Hände gestarrt, die auf meinen beiden Knien lagen, auf die knochigen, sehnigen Hände meines Vaters. Ich habe lange geschwiegen, reglos, sitzend auf meinem Stuhl. Dann beschloß ich zu fliehen. Als ich schon unter der Tür stand, fiel mein Blick auf den Nachttisch neben dem Bett. Ich ging hin, zog die Schublade auf und entnahm ihr den Browning, den ich dort verwahrte. Ich legte ihn zuunterst in die Tasche und ging los.

Es muß kurz vor Mitternacht gewesen sein, ein warmer Spätsommerabend. Ich ging durch die schlafenden Straßen zum Fluß, der sanft vorbeitrieb. Der Himmel darüber war tiefdunkel und hing voller Sterne. Ich habe hinaufgeschaut und habe mich plötzlich aufgehoben gefühlt. Verstehen Sie das? Ich hatte vergessen, daß es Sterne gab.

Ich habe in jener Nacht eine Gruppe von Trinkern getroffen, Frauen und Männer, eingehüllt in Wintermäntel trotz der lauen Luft. Das hat mich erstaunt. Inzwischen weiß ich, daß solche Leute auch im Sommer frieren.

Ich habe mich zu ihnen gesetzt. Sie haben mich kurz angeschaut und dann weitergeredet, als ob ich einer der ihren gewesen wäre. Erst habe ich nur zugehört. Ihre Wörter waren wohltuend für mein Ohr, hatte ich doch lange Zeit kein lebendiges Wort mehr vernommen. Nicht, was gesprochen wurde, war wichtig, sondern die Tatsache, daß gesprochen wurde. Die Rede ging über das Pilzesammeln im Walde. Einige der Trinker waren offenbar in frühen Jahren in die Stadt eingewandert und hier hängengeblieben. Sie erzählten von ihrer Jugend, in der ganze Waldstücke gelb gewesen waren von Eierschwämmen, wie eine Frau sagte. Ein Mann erzählte von einem kiloschweren Steinpilz, ein anderer von tropfend feuchten Totentrompeten. Das hat mir gefallen, von Pilzen zu hören, von der Kühle des Waldbodens. Ich bin erst in meine Mansarde hochgestiegen, als das erste Licht des Tages auf dem Fluß aufschimmerte.

So habe ich es seither meistens gehalten. Ich bin einer der Nachtvögel geworden, die im Dunkeln am Flußufer hocken. Ich habe angefangen mitzureden. Vom

Aufladen des Heus im Hochsommer und vom Bindbaum obendrauf, vom Pflügen des Schnees im Winter mit den vier Pferden. Sie haben mich erzählen lassen und anschließend genickt, ja, so war das früher gewesen, eine friedliche Zeit. So hätte es sein können.

Langsam habe ich wieder Fuß gefaßt in der Stadt. Ich bin dabei zum Trinker geworden, das war nicht anders möglich. Man hält diese Nächte nicht durch ohne die Tröstung des Alkohols, mit Wein schimmert die Dunkelheit wohltuend auf.

Geschrieben habe ich nur noch selten, aber ich fürchte, meine Schrift ist so eigenartig geworden, daß nicht einmal ich sie entziffern könnte, wenn ich es denn versuchen würde.

Nach einiger Zeit habe ich mich wieder in Wirtschaften getraut. Ich habe mich hingestellt an die Theke, so, wie ich jetzt hier stehe neben Ihnen, und habe teilgenommen an der Kommunikation. Erst wurde ich scheel angeschaut, vor allem von der lockeren Jugend, die sich gewundert hat, was für ein Fossil sich hierherverirrt habe. Ich habe ausgeharrt, habe standhaft geschwiegen. Nur das Nötigste habe ich nach und nach von mir gegeben, daß ich allein lebe, hin und wieder schreibe und die Nächte am Fluß verbringe. Das hat ihnen gefallen, sie haben mich aufgenommen als alterndes Original.

Vom Browning habe ich nie etwas gesagt. Ich bin viel gewandert in der Nacht, bin zum Stadtläufer geworden, stets auf der Lauer, ob ich irgendeiner infamen Verfolgung ansichtig würde. Ich kann Sie versichern, daß ich sogleich bereit gewesen wäre abzudrücken. Ich hätte ohne zu zögern geschossen, wenn ich einen der Mörder getroffen hätte. Das ist die Wahrheit. Ich hätte gezielt und durchgezogen. Vielleicht hätte die Patrone gezündet, vielleicht auch nicht. Das wäre mir egal gewesen. Aber die Bereitschaft zur Tat hat mich am Leben erhalten.

Jetzt habe ich Ihnen die ganze Wahrheit erzählt. Ich bitte Sie indessen, mich nicht so ernst zu nehmen, wie ich mich Ihnen darzustellen beliebe. Möglicherweise ist das alles Einbildung, eine Schattengeschichte. Ich kann den Stimmen nicht helfen, ich kann ihnen nicht einmal antworten.

Das glauben Sie mir nicht, das mit den Stimmen? Gut, einverstanden, ich halte mich selber auch für lächerlich. Ich kann die Verantwortung für jene Jahre nicht übernehmen, ich weiß. Am besten wäre es, die Pistole wegzuwerfen. Aber wohin?

Wenn Sie es wünschen, gut. Ich gehe jetzt gleich hinunter zum Fluß und werfe den Browning hinein. Soll er zum Kiesel werden, der sich langsam meerwärts schiebt. Was ist mit den Stimmen? Helfen Sie mir, die Stimmen zu ertragen, bis sie verstummen?

IV

Beduine mit Sonnenlicht

Boulevard Barbès in Paris, Café le Celtique, später Nachmittag. Durch die Scheiben sieht man über die Straße auf die gegenüberliegende Fassade, wo oben ein Streifen Sonnenlicht hängt, ein scharfer Strich. Unten in den Gassen hockt die erste Winterkälte, geblieben aus der vergangenen Nacht.

Die übliche Kundschaft ist hier. Nordafrikaner vor allem, ein Menschengemisch wie in der Kasbah von Algier. Hinter der Theke schenkt eine blonde Frau Bier aus, preßt Kaffee aus der Maschine. Rechts liegt eine Art Chambre séparée, abgeteilt durch bemalte Glasscheiben. Dort kann man essen: Sandwiches, Spiegeleier, Croques Monsieur. Das Rechaud steht gleich neben der Theke. Brote liegen dort, ein Eierkarton, Scheibenkäse.

An einem Tischchen zur Straße hin, wo der Verkehr vorbeirauscht, wartet ein Schwarzer. Beine gespreizt, Ellbogen aufgestützt. Er trägt eine graue Windjacke und ein weißes Hemd. Seine Augen sind auf die Häuserfassade gegenüber gerichtet. Vor ihm steht ein Bier. Links neben ihm sitzt eine junge Frau mit schneeweißem Teint, die Lippen dunkel geschminkt. Sie liest ein Buch.

Die Tür geht auf, herein kommt ein Beduine. Hohe, ausgelatschte Schuhe; grasgrüne Hose; wattierte Windjacke unbestimmter Farbe, grau oder braun; ein braunes Gesicht mit weißem Bart. Eine kleine, kräftige Gestalt, ein Bauer oder Hirt vermutlich aus dem Atlas. Das Grün von Mütze und Hose zeigt an: Er ist Straßenkehrer.

Er geht zur Bar und bestellt Kaffee. Dann lehnt er sich gegen den Flipperkasten, neben dem der Mann mit dem Bier steht. Er zieht Mütze und Handschuhe aus, legt sie auf die Glasfläche des Automaten und blickt auf die Straße hinaus, wo er herkommt. Beide Männer schauen jetzt reglos, versteinert. Der Flipperkasten leuchtet auf, erlischt, leuchtet wieder auf. Eine Haremsdame ist darauf abgebildet mit schneeweißem Busen, der aufleuchtet und wieder erlischt.

Die blonde Frau bringt den Kaffee, stellt ihn auf den Flipperkasten. Der Beduine nickt kurz, bezahlt. Er setzt die Tasse an, kippt sie langsam und schließt die Augen. Dann legt er die Arme auf die Glasscheibe und schaut hinaus auf die Autos, die jetzt die Scheinwerfer eingeschaltet haben.

Kein Ton, kein Wort. Einmal zischt die Kaffeemaschine, niemand schaut hin. Oben an der gegenüberliegenden Fassade ist der Sonnenstreifen weg. Die Tür geht auf, und hautnah ist die Kälte zu spüren, die hereindrückt.

Nice day

London, Eastend, Whitechapel. Es ist neun Uhr morgens, der Aufbau des indischen Marktes ist in vollem Gange. Schlanke Männer fahren auf Handkarren Gemüse heran, gelbe Gurken, armlangen Spinat, roten Kürbis. Sie gehen sanft, fast behutsam, als wüßten sie, daß die Erde zerbrechlich ist. Alte Herren, mit ehrwürdigem Weißbart versehen, stehen dazwischen. Sie zeigen mit ausgestreckten Stöcken, wohin die Melonen kommen, wohin der Sack mit den faustgroßen Zwiebeln, als wüßten das ihre jungen Kollegen nicht.

Der Musikverkäufer nebenan hat bereits aufgebaut, er döst auf seinem Klappsitz. Aus einem Lautsprecher bedröhnt er den ganzen Platz mit bengalischer Popmusik, um seine Präsenz anzuzeigen. Niemanden stört das, der Herbstmorgen ist zu schön, die Sonne scheint schräg auf die Straße.

Ich sitze vor einer Imbißstube und blättere den *Mirror* durch. Nichts als Klatsch, Cricket und Golf. Auf der handbreiten Mauer nebenan liegt ein schwarzer Mauerschläfer, ein Bein über das andere geschlagen. Ein Virtuose seines Fachs offenbar, ein begnadeter Backsteinträumer. Zwei vermummte Frauen wandeln vorbei, die Augen gesenkt. Eine junge Blondine in hüftengen Jeans, die himmelblau leuchten, so daß sogar der Musikverkäufer aufschreckt und ungläubig hinschaut. Ein Zittergreis mit Pudel, am Bambusstock stakend.

Eine Frau tritt vor mich hin, sagt irgend etwas auf Cockney, zeigt auf den *Mirror.* Ich nicke, sie nimmt die Zeitung, geht weiter. Draußen auf der Fahrbahn der Verkehr, das Horn der Feuerwehr, darüber ein Helikopter, der das Krankenhaus anfliegt.

Ein Mann in meinem Alter kommt heran, setzt sich, wartet. Rötliches, schütteres Haar. Helle Augen, ruhige Hand. Er trägt vier wattierte Jacken übereinander, alle von älterem Jahrgang. Robuste Ware, die Reißverschlüsse zerschlissen, einige Nähte aufgeplatzt, aber dicht und wärmend bei Nacht und Nebel.

Er schaut auf die Fahrbahn hinaus, in die Sonne, die ihn wärmt. Ich offeriere ihm eine Zigarette, er nimmt sie wortlos. Er zieht den Rauch ein, entläßt ihn mit Kennermiene durch die Nase. Dann nickt er, zeigt zur schrägen Sonne hinauf und sagt in bestem Oxfordenglisch: It seems to be a nice day today, doesn't it?

Am Kanal

London, Eastend, Regent's Canal. Ein metertiefes, trübes Wasser, das Ufer an manchen Stellen eingebrochen. Seerosen, Schilf und Binsen. Der Gepäckträger eines Fahrrades ragt heraus, auf ihm hockt ein Entenpaar. Gegenüber eine grüngestrichene Halle, rostige Eisenstreben, Wellblech auf dem Dach. Eine Fabrikanlage vormals, *for sale* steht an der Wand.

Am Ufer sitzt ein alter Mann auf einem Klappstuhl, bestens ausgerüstet zum Fangen von Fischen. Schirmmütze, damit ihn das Licht nicht blendet. Drei Schachteln mit wimmelnden Maden, weißen, gelben, roten. Ein Netz, um den Fang zu länden. Ein handlicher Stock für den Schlag ins Genick. Draußen der rote Schwimmer, ruhig wie eine Blume.

Ich nicke ihm zu, er nickt zurück. Er sagt etwas. Ich verstehe ihn nicht, zucke mit den Achseln. Er zieht ein Seil aus dem Wasser, woran ein Netz hängt, in dem ein fingerlanger Weißfisch zappelt. Wieder nickt er, ich nicke zurück, wir nicken uns beide zu.

Ein schöner Morgen eigentlich, obschon es leicht nieselt. Frische Meeresluft, kühle Tropfen auf der Haut.

Die Autos auf der Brücke oben rauschen wie Schiffe vorbei.

Ein Wohnboot treibt vor einer Schleuse, lang und schmal. Hinter den Fenstern hängen gehäkelte Gardinen. Der Mann steht auf Deck am Steuerrad, mit Kapitänsblick die Lage prüfend. Die Frau schiebt an Land das Schleusentor auf, damit das Boot in die Kammer einfahren kann. Ich helfe ihr, bis der Torflügel an der Kammerwand klebt. Der Mann startet den Motor, und langsam gleitet das Schiff hinein.

Ob sie auf dem Wasser wohne? frage ich. Ob das angenehm sei, schwimmend zu leben, stets unterwegs? Sie nickt. You are not from London, sagt sie dann. No, sage ich, Switzerland.

Weiter vorn erhebt sich mitten in einer Grünfläche ein einzelnes Haus. Ein Pub, aus Backstein gebaut, mit zwei großen Fenstern im Erdgeschoß, leicht vergammelt. Am Morgen geschlossen, am Abend wohl bumsvoll von schwatzenden, lachenden Menschen. Wie ein Traum stößt es aus der Wiese ins tropfende Licht hinauf.

Dann das alte Hafengelände an der Themse, die vom Meer her in die Stadt hineingreift. Eine weite, harte Landschaft, wüst und öd. Möwen in der Luft, Wildgänse im Schlick, draußen ein rostiger Laster. Der Pegel steht tief, die Flut hat soeben eingesetzt. Sie schiebt braunes Wasser flußaufwärts, schmutzig und kalt, der Innenstadt entgegen.

Rue Labat, Paris

Heute morgen nach dem Aufstehen bin ich unten gewesen in der Rue Labat und bin zum Markt hinaufspaziert, den ich jeden Morgen besuche. Manchmal kaufe ich etwas, Äpfel oder Joghurt oder Käse, aber meist gehe ich bloß hin, um zu schauen. Dieser Markt hat eine so starke Wirklichkeit, daß er alles andere, jede Erinnerung und jeden Traum, verdrängt. Die Früchte auf den Ständen leuchten rot und gelb, der Blumenkohl glänzt weiß, die Fische schimmern. Dahinter stehen die ihre Waren ausschreienden Verkäuferinnen und Verkäufer, und davor warten die schwarzen Frauen in ihren farbigen Tüchern. Sie wählen genau und mit Sorgfalt aus, sie kaufen gekonnt, und sie stopfen die Krebse und Entenbeine und Maiskolben in große Netze. Offensichtlich gibt es nichts Vernünftigeres, als Lebensmittel einzukaufen, und das tun diese Frauen mit Würde. Einige haben ihre Kleinkinder mit, sie hängen in Tüchern auf den Rücken der Mütter, tragen handgestrickte Mützen und schlafen.

Ich durchquerte den Markt und kam in die Rue des Poissonniers, die einer Gasse in Algiers Kasbah gleicht.

In den Metzgereien hängen Schafsköpfe und scharfe Würste, daneben sind Knollen und dicke Wurzeln aufgeschichtet, und der Eingang in ein Herrenkleidergeschäft sieht aus wie die Tür zu einer verzauberten Grotte aus tausendundeiner Nacht.

Ich setzte mich an ein Tischchen vor einem Café, das noch knapp von der Sonne beschienen war, und wartete. Im Rinnstein rann Wasser und trug den Unrat weg. Ein Mann der Stadtverwaltung kehrte mit einem grasgrünen Plastikbesen die Fahrbahn.

Als niemand kam, um meine Bestellung entgegenzunehmen, betrat ich das Café. Gleich neben der Tür stand an der Theke ein Mann mit schrägen Hüften, sein linkes Auge fehlte. Eine Frau saß auf einer Bank, dick mit grauen Strümpfen. Sie schaute mich mißtrauisch an, und ich bestellte bei ihr einen Kaffee. Dann setzte ich mich wieder ins Sonnenlicht draußen und wartete.

Auf dem gegenüberliegenden Trottoir vor dem Grand Hotel Barbès hockte ein bärtiger Mann in meinem Alter. Er trug eine Strickmütze und hatte mehrere Plastiksäcke neben sich stehen. Er saß reglos auf dem Asphalt. Nur hin und wieder hob er die Hand und bettelte einen Passanten an, er flehte gekonnt. Einmal erhielt er tatsächlich Geld in die Hand gelegt. Er schaute die Münzen lange an, bevor er sie in der Tasche versorgte. Zu freuen schienen sie ihn nicht, er dachte offensichtlich an etwas anderes.

Ich schaute ihm zu, wie er ruhig dasaß, ein Bauer aus Nordafrika mußte es sein von gut fünfzig Jahren, als würde er Schafe hüten.

Nebel liegt über der Stadt, der Asphalt ist feucht und verschmiert, und die wenigen gelben Blätter, die noch an den Platanen hängen, wirken wie mattes Gold. Das Grau hüllt alles ein wie behütend, und die Gedanken werden warm und zahm.

Ich bin mit einem Freund quer durch die Stadt gegangen über die Place de la République in den Marais hinein zum Centre Culturel Suisse. Dort betraten wir den Ausstellungsraum, in dem Fotos eines Westschweizers hingen. Thema: *Swiss Life.* Ich habe einige der Bilder angeschaut. Bestimmt waren sie gut, denn sonst wären sie nicht hier ausgestellt gewesen. Aber mich ödeten sie an. Mich öden alle Versuche an, die Schweiz zu charakterisieren. Die Schweiz gibt es im Grunde gar nicht. Es gibt bloß einen Staat, in dem so und so viele Leute leben, die man mangels eines anderen Ausdrucks Schweizerinnen und Schweizer nennt. Man könnte sie ebensogut Gartenzwerge nennen oder Schadenfreudeler, so wie man auch die Franzosen Armleuchter oder Geburtstagskerzen nennen könnte. Alle Versuche, den typisch schweizerischen Charakter auf Fotos herauszudestillieren und zur Darstellung zu bringen, müssen scheitern, weil es diesen schweizerischen Charakter nicht gibt. So entsteht Denunziation. Alles Kleinbürgerliche zum Beispiel wird als typisch schweizerisch denunziert, und nur der Fotograf ist kein Kleinbürger, sondern ein Künstler und fein raus.

Ich habe eine Freundin in Basel. Sie ist zwar eine wilde Gans, aber sie ist eine hervorragende Fotografin. Sie hat zum Beispiel in der Alten Stadtgärtnerei fotografiert, wo vor Jahren von jungen Leuten autonome Kultur gemacht und gelebt wurde und die dann nach einer Volksabstimmung, die von den Kleinbürgern gewonnen wurde, polizeilich geräumt worden war. Diese Fotos sind überhaupt nicht typisch schweizerisch. Sie sind auch nicht typisch baslerisch oder typisch französisch. Sondern sie sind typisch lebendig und typisch kräftig und typisch hoffnungsfroh, und es war typisch, daß das alles abgestellt wurde.

Jetzt sitze ich im Café Dejean an der Ecke des Marktes. Es ist der beste Ort hier zum Schreiben. Schwarze und Araber und Weiße stehen gemeinsam an der Bar, keiner stört den andern, die Weißen reden mit den Weißen, die Schwarzen mit den Schwarzen und die Araber mit den Arabern, und alle sind zufrieden, daß sie hier stehen und Kaffee oder ein Bier trinken können. Und keiner schaut hin, wenn da ein typischer Schriftsteller in der Ecke hockt, den Oberkörper gekrümmt und den Blick auf der Heftseite, über die der Kugelschreiber gleitet.

Ich habe mit einer Freundin meiner Tochter zu Mittag gegessen beim Chinesen gleich vorne am Boulevard Barbès. Ich habe sie angerufen und mit ihr abgemacht direkt vor der Wirtschaft. Ich war ein bißchen zu früh da und habe mich auf eine Bank gesetzt und Zeitung gelesen, und plötzlich stand sie da in einer Leopardenimitation, unglaublich jung und von einer durchsichtigen Schönheit und wahrscheinlich mindestens so aufgeregt wie ich.

Wir gingen hinein und setzten uns. Ihr gefalle es hier in Paris so gut wie nirgend sonst auf der Welt, sagte sie, Paris sei eine liebe Stadt, und sie wolle noch eine ganze Weile hierbleiben und vorläufig nicht in die Schweiz zurückkehren. Sie müsse drei Stunden pro Tag Kinder hüten, sonst habe sie frei und habe neben Kursen an der Sorbonne noch Zeit genug für lange Wanderungen quer durch die Stadt.

Sie versuchte, den Reis mit den Stäbchen zu essen, sie ließ es dann sein und griff zur Gabel. Wir unterhielten uns glänzend und lachten uns an, und draußen auf dem Boulevard machten wir ab, daß wir demnächst den Friedhof Père Lachaise, wo die erschossenen Kommunarden liegen, besuchen würden. Ich begleitete sie noch ein Stück Richtung Seine an den Ramschläden der Afrikaner vorbei, wo Schuhe und Badetücher und Krawattennadeln billigst zu haben sind.

Vorne im Bistro, wo wir noch einen kurzen Kaffee tranken, packte sie endlich den Plastiksack aus, den sie die ganze Zeit bei sich gehabt hatte, und überreichte mir, was sie für mich gekauft hatte: sechs Stück Patisserie, aus einer arabischen Bäckerei, extra für mich, unglaublich süß und in knalligen Farben, himbeerrot, blattgrün und zitronengelb.

Jetzt sitze ich am Tisch in meiner Wohnung und schaue zum Fenster hinaus auf die andere Seite der Gasse, wo eine alte Frau im Sonnenlicht steht. Die farbigen Zuckerklöße liegen vor mir auf einem Teller, noch immer ins klebrige Papier gepackt, in dem ich sie überreicht bekam. Ich frage mich, wer sie essen soll. Vielleicht die alte Frau dort unten?

Meine Nachbarn wohnen gleich über die Straße. Wir schauen uns gegenseitig in die Stube, wir wissen voneinander, ob wir Besuch haben, wann wir essen und wann wir uns zum Schlafen hinlegen. Wir grüßen uns nie, denn wir sind uns fremd.

Die Häuser hier wurden im letzten Jahrhundert gebaut. Die Mauern bestehen aus Bruchsteinen. Die Wohnungen sind klein, Zweizimmerwohnungen mit Küche und Toilette. Ein Zimmer braucht man zum Wohnen, das andere zum Schlafen. Das genügt.

Wo die Fassade zu Ende ist und das steile Dach beginnt, läuft eine Traufe den Häusern entlang. Gleich darüber liegt ein Sims. Darauf haben meine Nachbarn ihren Vorgarten eingerichtet. Sie haben Kübel hingestellt mit Blumen drin, und in einem wächst ein Lorbeerstrauch. Alle paar Stunden öffnet sich eines der beiden Fenster, dasjenige der Stube oder das des Schlafzimmers, und meine Nachbarn schauen auf ihre Pflanzen.

Des Abends um sieben nehmen meine Nachbarn das Abendessen ein. Das geht so vor sich: Der Mann setzt sich in der Stube an den Tisch und wartet. Zwei Minuten später bringt die Frau das Essen herein, stellt sich neben den Mann, schöpft ihm, geht dann zu ihrem Stuhl auf der anderen Seite des Tisches, schöpft sich selber auch und setzt sich. Dann essen sie, und es scheint fast, als würden sie dabei nicht reden. Eine Viertelstunde später trägt die Frau das Geschirr hinaus. Der Mann erhebt sich, dreht das Licht ab, und der bläuliche Schein des Fernsehers wandert durch die Stube. Das ist jeden Abend so. Man könnte die Uhr danach richten.

Wenn die Sonne scheint, stellen sich meine Nachbarn manchmal ans offene Stubenfenster. Sie begutachten die Pflanzen auf dem Sims, sie beugen sich über die Brüstung und prüfen den Verkehr auf der Straße unten, sie reden kurz miteinander, und manchmal werfen sie einen Blick zu meinem Fenster herüber, das im Schatten liegt. Vermutlich sind sie der Meinung, eine schönere Wohnung zu haben als ich. Denn ihr Fenster liegt in der Sonne.

Auf der Straße unten habe ich meine Nachbarn noch nie gesehen. Aber vielleicht täusche ich mich. Vielleicht bin ich ihnen schon mehrmals begegnet und habe sie nicht erkannt. Es ist ein Unterschied, ob man seine Nachbarn in der Wohnung sitzen sieht, in Hauskleidung und friedlich fernsehend, oder auf dem Asphalt unten, zwischen fremdem Volk Einkäufe besorgend. Vermutlich ist dieses Einkaufen ein Problem für sie. Sie müssen die Waren sechs Treppen hochtragen.

Ich frage mich, warum meine Nachbarn noch immer in dieser Wohnung leben und nicht schon längst in den Süden ans Mittelmeer gezogen sind. Bestimmt träumen sie davon. Sie sind um die Siebzig und, wie es scheint, bei guter Gesundheit. Zu zweit würden sie einen Umzug schaffen.

Was ihnen fehlt, ist das Geld. Denn ein Umzug kostet, und der Midi ist nicht mehr billig. Deshalb bleiben sie hier in dieser Straße, bis der Tod sie holt.

Wenn der Tod sie geholt hat, im Schlaf oder beim Fernsehen, werden zwei Männer einen leeren Sarg hochtragen und über das enge Treppenhaus fluchen. Sie werden die Leichen hineinlegen und hinuntertragen. Auf der Straße unten wird der Leichenwagen mit offener Tür warten. Einige Schlafzimmer- und Stubenfenster beidseits der Straße werden sich öffnen, und die Nachbarinnen und Nachbarn werden zuschauen, wie ein toter Mensch weggefahren wird.

Ich habe am Boulevard vorn einen Ledergürtel gekauft für meine Hosen, die mir zu weit geworden sind.

Ich habe jenen Laden schon vor mehreren Wochen betreten, um einen Schirm mit Holzschaft zu kaufen.

Der Laden ist fast ein bißchen vornehm. Er führt erstklassige Ware, Reisetaschen und Mappen aus echtem Leder, Hüte und Handschuhe aus bestem Hause. Der Verkäufer, der zugleich der Besitzer ist, fragte bei meinem ersten Besuch schon nach wenigen Sätzen, ob ich Jiddisch rede. Nein, sagte ich, aber meine Muttersprache sei Schweizerdeutsch, und Schweizerdeutsch sei sehr ähnlich dem Elsässischen, wo ja das Jiddische entstanden sei.

Der Mann schüttelte den Kopf. Er selber komme aus Polen, und seine Mutter habe Jiddisch gesprochen. Das stamme aber nicht aus dem Elsaß, behauptete er, sondern das sei im Osten entstanden und sei uralt. Er selber spreche nicht mehr Jiddisch, aber er verstehe es noch gut, und er habe wegen meines Akzents geglaubt, ich könne es sprechen.

Heute bei meinem zweiten Besuch saß er hinter der Kasse und las eine Zeitung. Vorne bei den Seidenkrawatten füllte seine Frau ein Kreuzworträtsel aus. Beide erhoben sich, als ich hereinkam. Er erkannte mich wieder und stellte mich seiner Frau als Herrn aus der Schweiz vor. Natürlich habe er Gürtel, sagte er, ein ganzes Sortiment erstklassiger Gürtel habe er aus der Tschechoslowakei. Er holte einen und legte ihn um meinen Bauch. Aber nein, meinte seine Frau, er müsse ihn höher halten, das seien die *fesses* und nicht der *estomac.* Doch doch, sagte der Mann, die Stelle sei genau richtig, nur sei der Gürtel zu lang.

Er holte einen kürzeren und legte ihn wieder um meinen Bauch. Höher, sagte die Frau, das seien die *fesses.* Nein, sagte der Mann, das sei der *estomac.* Aber auch dieser Gürtel sei zu lang. Er holte eine Schere, schnitt ein Stück ab und legte den Gürtel wieder um meinen Bauch. Höher, sagte die Frau, du lernst es nie. Der Mann lächelte freundlich, die Kritisiererei störte ihn nicht, und er gab fröhlich zu, daß der Gürtel immer noch zu lang sei.

Als er endlich paßte, unterhielten wir uns noch ein bißchen über die Schweiz. Schön, sagte der Mann, aber für Franzosen zu teuer. Sie seien früher oft in die Schweiz gereist. Aber in den letzten Jahren seien sie jeweils nach Savoyen gefahren, in ein Dorf am Genfersee. Also praktisch in die Schweiz, meinte die Frau, es fahre ein Schiff quer über den See (wie übers Meer, sagte sie) nach Lausanne. Dort könne man aussteigen, Kaffee trinken und wieder zurückfahren, und so sei man auch in der Schweiz gewesen. Die zwei waren jetzt ein Herz und eine Seele, die Erinnerung an den Genfersee machte sie zum glücklichen Paar, und wie alte Ferienbekannte schüttelten wir uns zum Abschied die Hände.

Ein Stern über Whitechapel

Es war nicht gerade eine angesehene Gesellschaft, in der ich den letzten Heiligen Abend verbracht habe.

Ich lebte damals im Osten Londons. Das Eastend ist seit jeher das Gebiet der armen Leute, der Einwanderer, die früher die Themse heraufgefahren kamen und heutzutage den Rümpfen der Billigflugzeuge entsteigen, der Hafenarbeiter, der sogenannten leichten Mädchen, der Taxifahrer. Kleine Backsteinhäuschen, enge Cornershops mit Zeitungen, Milch und Büchsenbier, jede Menge Kneipen. Vorn bei der Metrostation Whitechapel der indische Markt. Mäntel mit Webfehlern, Kinderschuhe, Gemüse und Früchte aller Art. Im Westen die Hochbauten des Bankenviertels, vor der U-Bahn-Station die Obdachlosen, die auf Kunststoffharassen zusammensitzen und sich die immer gleichen Geschichten von Unrecht und Pech erzählen.

An jenem Abend habe ich wie jeden Tag an meinem Roman geschrieben, eingetaucht in meine Geschichte. Es ging ganz gut. In fremden Städten, fern von Heimat und Schweizerdeutsch, kann ich am besten mein

Herkommen beschreiben. Bis ich gegen neun beschloß, irgendwo Weihnachten zu feiern.

Ich ging um die Ecke zum weißhaarigen Inder, der dort Schnaps und Wein verkauft und sich dabei stets erkundigt, ob man das Gekaufte allein oder mit Freunden auszutrinken gedenke. Mit Freunden, sagte ich, als ich eine Flasche Gin unter den Arm klemmte, und er lächelte beruhigt.

Ich kam an den Pubs vorbei, in denen ich jeweils nach dem Schreiben Bier trinke, denn Bier macht mich schläfrig. Keines wirkte einladend auf mich, die stets gleichen Gesichter, der stets gleiche Trott.

Ich ging nach vorn zum indischen Markt, auf dem nur noch ein einziger Stand besetzt war. Der Verkäufer saß eingenickt auf seinem Stuhl, in ein helles Gewand gehüllt. Oben zwischen den laublosen Ästen der Platanen glänzte ein Stern. Das fiel mir auf, aber ich habe nicht groß darauf geachtet. Was soll ein Stern in der Stadt? Man sieht ihn kaum, die Autoscheinwerfer sind heller.

Wenige Passanten gingen vorbei, Mädchen mit ihren Freunden, eine alte Frau mit einem weißen Pudel, ein Greis in Pantoffeln, zwei verschleierte Frauen. Die Eingangshalle zur U-Bahn war strahlend beleuchtet, als führte sie ins Gelobte Land. Ein Gedränge war hier, eine Rennerei, die Minuten waren offenbar kostbar.

Rechts vor dem Eingang saßen die Obdachlosen. Ich

kannte sie vom Sehen, denn sie hatten mich alle schon angebettelt, wenn ich vorbeiging. Da sie draußen zu übernachten pflegten, trugen sie mehrere Jacken übereinander. Die Männer hatten die Socken über die Hosenbeine gezogen, um keine Zugluft eindringen zu lassen. Die Frauen trugen gestricktes Zeug an den Beinen. Sie hatten drei Kartons mit Büchsenbier vor sich stehen, ein gehöriger Vorrat, der wohl bis in die Morgenstunden hinein reichen würde.

Ich blieb stehen neben ihnen, ich genierte mich leicht, denn ich hatte mich noch nie zu ihnen gesetzt. Bis eine junge Frau mit einem silbernen Ring im Nasenflügel, der ich schon mehrmals einige Pennies geschenkt hatte, zur Seite rutschte und Platz machte auf ihrem Harass. Also setzte ich mich hin.

Sie waren wohl alle erstaunt, denn in ihren Augen war ich kein Almosenempfänger, sondern ein Almosengeber. Sie ließen sich indessen nichts anmerken. Vermutlich hatten sie schon mehrmals erlebt, daß jemand vom Geber zum Nehmer wurde.

Ich hörte ihnen zu, wie sie mit leiser Stimme erzählten, es ging um private Weihnachtsgeschichten. Im Moment war ein alter Mann an der Reihe mit bläulichen Lippen und eingefallenem Gesicht. Er berichtete aus seiner Jugend, in der es am Heiligen Abend stets festlich zugegangen sei, Truthahn und Yorkshire Pudding und so, aber die Leute wüßten eben nicht mehr, was sich gehöre. Dann setzte eine Frau ein und sagte, lieber draußen auf der Straße und friedlich, als drinnen im erleuchteten Haus und dauernd Streit. Es folgten weitere Meinungen, jeder, der wollte, kam zu Wort. Sie hatten offenbar beschlossen, heute abend friedlich zu sein und einander nicht zu unterbrechen.

Ich habe nur wenig verstanden, denn sie redeten alle Cockney. Aber das störte mich nicht sehr. Immerhin waren es freundliche Stimmen, ich war willkommen, und in der Mitte auf dem Asphalt brannte eine Kerze.

Ich trank ein Bier, das mir meine Nachbarin mit zischendem Laut geöffnet hatte. Dann zog ich die Ginflasche aus der Manteltasche und ließ sie kreisen. Es wurde behutsam daran genippt, aus Anstand bloß, wie mir schien. Nur der Alte mit den bläulichen Lippen wehrte dankend ab. Das sei kein festliches Getränk, meinte er.

Nach Mitternacht, als die letzte U-Bahn stadteinwärts gefahren war und die Türen zur Eingangshalle geschlossen wurden, war die Kerze heruntergebrannt. Sie flackerte noch eine Zeitlang, einen matten Schein verbreitend. Dann erlosch sie. Die meisten von uns hatten sich hingelegt auf den Boden, eingehüllt in Jacken und Mäntel, und schliefen. Niemand mehr sagte ein Wort. Ich wollte schon heimgehen, denn ich war ja nur Gast hier und hatte zu Hause ein Bett.

Da fiel mir auf, daß beim Marktstand gegenüber

noch immer der indische Verkäufer auf seinem Stuhl saß, als würde er auf jemanden warten. Passanten waren fast keine mehr unterwegs. Hin und wieder ein Auto auf der Fahrbahn draußen, sonst war Ruhe. Oben zwischen den Ästen der Platanen glänzte noch immer der Stern. Seltsam, dachte ich, die Sterne wandern doch sonst gegen Westen wie Sonne und Mond.

Da hörte ich leichtes Hufgeklapper, vor ferne erst, wie in einem Traum. Es wurde lauter, bis von der Stadt her ein eingemummter Mann erschien, der einen Esel am Strick führte. Auf dem Rücken des Tieres saß eine junge Frau in hellblauem, langem Kleid. In den Armen trug sie ein neugeborenes Kind. Ich erkannte das sofort, denn ein heller Schimmer, aus einer der Straßenlaternen heruntergeworfen, lag auf seinem schlafenden Antlitz.

Ich regte mich nicht, ich glaubte zu träumen. Ich sah, wie der Verkäufer gegenüber sich erhob und sich würdevoll verbeugte. Dann zeigte er einladend auf seinen Stand. Der eingemummte Mann hielt an und nickte. Der Verkäufer raffte Ananas, Äpfel und Bananen zusammen, trug sie zum Esel, stopfte alles in die Basttasche, die am Sattel hing, und verbeugte sich wieder fast bis zum Boden.

Jetzt lächelte die Frau auf dem Tier, sie sagte ein Wort, das ich nicht verstand. Der Mann riß am Strick, die Gruppe zog weiter, der Themse zu. Dann wieder die

Scheinwerfer auf der Fahrbahn draußen. Und oben im schwarzen Himmel der Stern, der sich langsam in Richtung des verklingenden Hufschlags senkte.

Versuch über einen Schriftsteller

Nachwort von Beatrice von Matt

Wer die hohe Kunst des einfachen Schreibens lernen will, muß diese Geschichten lesen. Nüchtern kommen sie daher, wie Reportagen. Doch sie klingen so eigentümlich nach, daß man immer mehr vernehmen möchte von diesen zärtlich schutzlosen Sätzen. Der Autor legt hier eine andere Geschwindigkeit ein als in seinen Romanen und Stücken. Viele dieser Miniaturen sind Ruhehalte bei unauffälligen Ereignissen und Dingen. Ein unfeierliches Credo steht dahinter, und Hansjörg Schneider braucht dafür ein altes Wort mit unbekümmerter Selbstverständlichkeit. Er will der Welt um sich herum als »Liebender« begegnen, sagt er. Damit meint er so schlichte Begebenheiten des Tages wie Einkaufen oder Teekochen.

Er schreibt auch darum so gerne Krimis, weil er dabei »lokaler« sein darf als sonst. Weil sich hier ohne weiteres von Basel reden läßt, vom Quartier um den St. Johanns-Ring und den Burgfelderplatz, von den Beizen und vom Rhein mit dem alten Bad St. Johann. Auch vom Elsaß, das gleich vor der Tür liegt. Schneiders Leser kennen die Autofahrten des Fahnders Peter

Hunkeler über die Grenze bei Hegenheim. Über Ranspach und Trois Maisons ist's nicht weit zu einem Hauptschauplatz, zum Riegelhaus mit dem Birnbaum davor. Der Ort bedeutet Entkommen, kurze Geborgenheit.

Bis vor wenigen Jahren gehörte das Haus noch dem Schriftsteller. Nach dem Tod seiner Frau hat er es verkauft, doch in seinen Büchern steht es unverrückbar. Dort tönt es fort mit den Stimmen der Vögel im Spalier und dem Surren der Melkmaschine nebenan: In den Krimis um Kommissär Hunkeler, im Roman *Der Wels,* im *Nachtbuch für Astrid* und – nicht zuletzt – in den Geschichten und Feuilletons *Im Café und auf der Straße.* Was der Autor während Jahrzehnten für Zeitungen geschrieben hat, ist hier in einer Auslese zusammengefaßt.

Das Quartier als Text

Im kalten Spätwinter 2001 habe ich Hansjörg Schneider in Basel besucht. Am französischen Bahnhof holte er mich ab. Etwas verloren stand er in einer dünnen Jacke auf dem Parkplatz. Vor dreieinhalb Jahren war seine Frau gestorben. Wie sein Kommissär fährt Schneider überallhin mit dem Auto. Er ist kein Flaneur. Durch sein Quartier aber gehen wir zu Fuß, und es ist schön, ihn zu begleiten. Ich kenne die Gegend aus den Hunkeler-Romanen. Er erläutert seine Vorliebe für den Krimi, der ihm mit den Dialogen und dem szenischen Aufbau immer mehr das Theater ersetzt. »Im Krimi kann ich Dinge beschreiben, die man sonst nicht mehr so einfach beschreiben kann in der Literatur. Es ist auch eine gute Art, über mich selber zu schreiben – samt diesem Schwermütigen, etwas Aargauischen, das zu mir gehört – und eben auch zu Hunkeler.«

So erzählt Schneider im »Milchhüüsli«, der verrauchten Pinte mit der Heimatstileinrichtung, der serbischen Wirtin und den bleichen Gästen. Es sieht alles aus wie in den Romanen, und auch der Name ist der gleiche. Schräg gegenüber liegt das türkische »Pizzas best«. In *Tod einer Ärztin*, geht die Lokalität mit einer Bombe hoch. In der Nähe finden sich der müde Sex-Shop, und ein paar Straßen weiter das »Sommereck« mit dem Biergarten unter Kastanien, wo der dicke Edi wirtet – und wo der Autor mit den Leuten sitzt, die in seinen Büchern vorkommen. Wo etwa auch die grandios kargen, verschämt stockenden Gespräche geführt werden, die im neuen Band dokumentiert sind. An ihnen läßt sich Schneiders Kunst des knappen Dialogs ablesen, er beherrscht sie wie wenige in der Schweiz. Man hat sie in Stücken wie *Sennentuntschi* und *Der Erfinder* bewundert, findet sie in den Krimis wieder.

Im übrigen gehört das Quartier tagsüber den Frauen und den Alten. Ein Freischaffender wie Schneider muß schauen, wo er da seinen Platz findet. Da viele der Kolumnen des vorliegenden Bandes und sämtliche Kriminalromane in dieser Stadtgegend spielen, ist sie einem ein bißchen ans Herz gewachsen. Wie alles, was man genau kennenlernt, indem es einem behutsam erzählt wird. Richtiger könnte man das unauffällige Quartier nicht schildern, als dieser Autor es tut. Es geschieht mit einer Sorgsamkeit, die man nicht anders denn als Freundlichkeit dem alltäglichen Leben gegenüber bezeichnen kann. Und doch, spaziert man durch die Straßen, ist man erstaunt darüber, daß die Magie des Beschriebenen auch angesichts der Wirklichkeit vorhält. Selbst das gewöhnlichste Milieu trägt für den Betrachter, der ihm zuerst als einer Textlandschaft begegnet ist, die Spuren der Verwandlung an sich – mitten im grauen Winter sogar.

Frankreich beginnt wenige hundert Meter weiter stadtauswärts – für Schneider ist das wichtig. Seine verschiedenen Basler Wohnungen haben immer gegen das Elsaß hin gelegen. Nicht nur das Riegelhaus mit dem Busch davor steuert Peter Hunkeler an, auch die alte Gaststätte von Knoeringue, wo er gern mit seiner Freundin Hedwig zum Essen auftaucht. Wenn er mit einem Fall nicht weiterkommt, legt er sich ins Thermalbad von Neuwiller.

Das Wassertier

Auch in Basel sucht Hunkeler das Wasser. Er bekommt dabei schöne Morgengedanken in den Mund gelegt: »Für Hunkeler galt: Wo ein Fisch schwimmt, kann auch ich baden. Er schüttelte sich die Tropfen von den Armen, strich sich das nasse Haar glatt. Er spürte die Sonne auf dem Rücken, das stimmte ihn friedlich (...). Dort draußen floß der Rhein, träge und grün zu dieser Jahreszeit (...). Unten im Schwimmbecken schwamm eine Entenmutter mit fünf Küken (...). Ein Bild des Friedens, dachte Hunkeler, eine Oase mitten in der Stadt, ein herrlicher Junimorgen.«

Das ganze Werk dieses Schriftstellers ist durchtränkt von einer sehnsüchtigen Hydrophilie. Er imaginiert sich selber gern als Wassertier – wie im Roman *Das Wasserzeichen,* der zuerst *Der Lurch* geheißen hat. Schneider führt mich denn auch bald vom Burgfelderplatz zum Rhein hinunter und zum hundertjährigen Bad, wo im Sommer nicht nur Hunkeler, sondern auch sein Autor schwimmt – oder besser: landet, denn zuerst wandert er dem Strom entlang aufwärts, barfuß in Badehose – bis zur Mittleren Rheinbrücke, manchmal sogar bis zum Münster. Dort steigt er in den Fluß und läßt sich treiben bis zum Bad. Er ist ein leidenschaftlicher Schwimmer. Wenn er im Rhein liege, bemerkt Schneider, stelle er sich vor, es ziehe ihn hinunter bis ins Meer. So wie er es hier im Prosastück »Schwimmen im Fluß« beschreibt:

»Du liegst im Fluß, lang ausgestreckt an der Oberfläche (...). Du läßt dich treiben von der Strömung, die das grünbraune Wasser Richtung Meer zieht. Du spürst die Kühle, die deine Glieder umhüllt und eindringt in deine Eingeweide. Du bist ein Lebewesen, das sich nicht rührt und getragen und transportiert wird wie ein mannslanger Baumstamm, und in deine Ohren dringt das beruhigende Geräusch der Kiesel, die auf dem Grunde meerwärts geschoben werden. Du staunst, wie lange du es aushältst, ohne zu atmen, es gefällt dir, kein Lufttier mehr zu sein. Du denkst an Kiemen, die sich an deinem Halse öffnen, durch die das Wasser einfließt und dich zum Wassertier macht. Du möchtest so liegen bleiben für immer und ewig.«

Zofingen, wo Hansjörg Schneider herkommt, sei eine Wassergegend. So hat er auch seine kühnste Erfindung, sein Alter ego Moses Binswanger im *Wasserzeichen,* mit Kiemen versorgt. Der kleine Moses ist nicht im Elternhaus daheim, sondern im Altachenbach, der daran vorbeifließt, diesem »Fruchtwasser schlechthin«. Schon ein einzelner Satz spricht von der Verfallenheit ans flüssige Element: »Es ist Wurzelwasser, Tannenwasser, Wiesenwasser, gemütlich dahinrieselnd durch fettes Blattwerk, langsam zusammenfindend in Rinnsalen und Tümpeln, kniehoch gestaut durch morsche Wehre, plätschernd in verkrauteten Gräben, wo Krebse und Wasserrratten unter der Böschung hausen, sich sammelnd zum Bächlein, wo die ersten, fingerlangen Forellen stehen.«

Schneider liebt stundenlanges Schnorcheln im Meer. Den Schnorchel läßt er jeweils zuhause, nimmt nur die Brille mit. Schwimmend mit den Fischen sei ihm eines

Tages plötzlich jener skurrile Held mit der Wasserwunde am Hals vor Augen gestanden. In den Bächen sich wässernd, genügt er sich selber. Er ist gewissermaßen amphibisch ausgestattet. So gefällt er auch seiner Mutter, der Wasserfrau. Präzise bis ins Detail sind die Fische und Aale geschildert, mit denen Moses Umgang hat.

Mit Schwimmen, winters auch mit Joggen und Langlauf, bereitet sich Schneider vor auf das Schreiben, jeden Morgen: »De bin i zwäg«. Er sagt's, zieht Luft in die Lungen, drückt die Ellbogen im Rücken zusammen und schaut unternehmungslustig. Nein, Schreibkrisen kenne er eigentlich kaum.

Genau lieben

Realismus bedeutet für den Schriftsteller mehr als bloße Inventarisierung: Zuwendung eben. Weil er Welt und Leben da lieben möchte, wo man am häufigsten mit ihnen zu tun hat, zuhause, geht er mit den Schauplätzen seines Wohnorts so »genau« um – »genau« ist eines seiner Lieblingswörter. »Genau lieben«, sagt er, »genau schreiben«. Auch könne er nur von dem erzählen, was er kenne. Direktheit in der Mitteilung, über sich selber, die eigene Umgebung, sei in der Hunkeler-Maske leichter zu erbringen als sonst in literarischer Prosa. In einer etwas gröberen Diktion, wie bei Norman Mailer. Gerade darum schätzt der Schriftsteller auch das Genre des

Feuilletons und der Kolumne: Die Leute müßten dazu gebracht werden, das zu sehen, was sie umgibt. Nicht von ungefähr hat er einmal einen Satz von Friedrich Glauser als Motto gewählt. Es steht über *Silberkiesel,* seinem ersten Kriminalroman: »Sehen Sie, erzählen, einfach erzählen, ein Bilderbuch schreiben, in dem der Zug, das Haus, die Straße vorkommen, die Dinge, die der Mann jeden Tag sieht, und die er gar nicht mehr sieht, weil sie ihm zu geläufig sind.«

Nächstliegendes beschreiben heißt ja auch, es herauszuheben aus Wortlosigkeit und aus Antwortlosigkeit. Erst wenn die Dinge benannt sind, sind sie auch mit-geteilt. Erlöst in der Biosphäre der Sprache wächst ihnen Existenz zu. Sie erhalten mehr Dauer, mehr Raum, mehr Verbindlichkeit. Der Mensch muß alles vorgesagt bekommen, sonst lernt er nichts über sich. Man kann die Probe aufs Exempel machen: faßt man in Sätze, was man tut, Schritt für Schritt, so kann einem das eigene Leben so spannend vorkommen wie das Leben, von dem man in den Büchern liest.

Idyll und Totenreich

Wir haben es bei den neuen Geschichten bald mit echten, bald mit trügerischen Idyllen zu tun. Da leuchtet – in der Geschichte »Das Mädchen am Weiher« – einen Augenblick lang das Paradies mitten in die kaputte Ödnis der Stadt. Durch eine Lücke im Dickicht erspäht der

Dichter ein »geheimnisvolles Grundstück«, »etwas Ungeahntes«: »Dort liegt ein kleiner Weiher, in den Wasser tropft. Meterhohe spitze Blätter wachsen daraus hervor. Das muß etwas Lilienartiges sein, das muß im Sommer gelb oder blau blühen. Daneben öffnet sich eine Wiese. Es ist eher eine Lichtung, beschattet von kühlen Blättern. Auf ihr liegt etwas Wunderbares: Ein Mädchen mit langen blonden Haaren liegt dort in einem Liegestuhl und liest.« Auch der Text »Im Park« könnte die Theorie von der in der Moderne unwahr gewordenen, nicht mehr möglichen Idylle entkräften: Der Motorenlärm brandet an die Mauern, doch im Park drin ist es ruhig, und fast gleicht das Spazieren an diesem ausgesparten Ort der somnambulen Ziellosigkeit in den Berliner Tiergartenfeuilletons von Robert Walser : »Ich gehe im Kreis. Dieses Gehen ist schön. Man will nirgends hinkommen in diesem Park. Man will nur gehen.«

Im Prosastück »Ein gelber Faden« wird ein Schwalbennest am Balken beschrieben – so zärtlich, daß der Leser spürt, der Verfasser ist selber auf Zärtlichkeit angewiesen: »Heimelig muß es dort drin sein. Man möchte ein Vogel sein und sich in den warmen Flaum schmiegen.« In der Dämmerung ist das Nest kaum zu erkennen: »Etwas Dunkles hängt daran, etwas Schwarzes mit dem Kopf nach unten, mit ausgebreiteten Flügeln zum Flug ansetzend (...). Es ist eine junge Schwalbe. Sie hat die Augen offen, aber sie ist tot. Ein gelber Nylonfaden, fest im Nestbau verankert, ist in ihre linke Kralle eingewachsen und hält sie fest. So hängt der Vogel am Nest, und langsam verschwindet er in der Dunkelheit.« Auch wenn das Surren der Melkmaschine nebenan wie Abendglocken tönt, die tote junge Schwalbe läßt alles gläsern erscheinen, macht ein Totenreich aus dem Idyll. Diese Prosaminiatur hat die Überzeugungskraft von Naturgedichten, wie wir sie von Sarah Kirsch oder Giorgio Orelli kennen.

Der große reglose Fisch

Die Achtsamkeit auf die einfachen Dinge ist ständig bedroht, wie die einfachen Dinge selber. Sie sind bloße Haltepunkte inmitten dunkler Mächte, die auch in den Seelen der Figuren wirken. Die harmlose Welt von heute vormittag oder morgen abend ist nicht garantiert. Kein Werk spricht deutlicher davon als *Der Wels.* Dieser geheimnisvolle, starke Roman setzt sich aus vielerlei Wahrnehmungen zusammen, die sich je für sich lesen wie die kurzen Texte von *Im Café und auf der Straße:* Der Protagonist aber hetzt über einen Abgrund von Angst. Daher achtet er angespannt auf das Geringste, das ihm zwischen Basel und Hütte im Elsaß begegnet, eben auf Vogelruf, Melkmaschine, Teekochen und Regen. Alles gibt für ihn die Schrift des Wirklichen ab, aber er kann sie nicht entziffern: weder die grasrupfenden Schafe vor dem Fenster noch die nächtlichen Geräusche auf dem

Dachboden. Nicht einmal die farbigen Erinnerungsbilder an Paris, die am elsässischen Fluchtort in ihm aufsteigen und sich mit den Beobachtungen an Ort und Stelle vermengen – der morgendliche Gang etwa zum Fischmarkt an der Rue de Seine, wo er sich anschaute, was feilgeboten wurde:

»Die tranchierten Thunfische mit dem rötlich gefaserten Fleisch; die grün gestreiften Makrelen; die in sich selbst verschlungenen Tintenfische mit den Saugnäpfen, die sich nirgends mehr festsaugen konnten; die flachen Flundern, die wie blinde Spiegel aufeinanderlagen. Von andern kannte er nur die französischen Namen: den Rouge Barbet mit dem fingerlangen Bart am Kinn; die blaugetupfte Saupe; den meterlangen Mérou; die Racasse mit dem großen Maul. Sein Blick glitt über die Muscheln, die auf Eiswürfeln lagen. Es gab Wasserschnecken, die an den Wänden des Eimers, in den sie gesperrt waren, hochkrochen. Es gab Krebse, zu halbmeterhohen Haufen aufgeschichtet und immer noch lebend, braungelbe Schalentiere, die mit feinen Fühlern ihre Umgebung abtasteten und sich mit stachligen Beinen über ihre Artgenossen schoben. Hin und wieder packte die Hand der Verkäuferin zu, faßte eines der Tiere, legte es auf die Waage und schob es in eine Papiertüte (...). Wie sachlich die Leute hier mit dem Leben und dem Sterben der Meerestiere umgingen. Genauso würden sie einmal sterben, mit zuckenden

Gliedern und aufgerissenen Mäulern. Aber noch lebten sie.«

Ob er auch künftig noch auf solches achten kann, weiß der Ich-Held nicht. Möglicherweise hat er in Trunkenheit und sinnlosem Zorn die Frau umgebracht, die er liebt. Sein Vergessen gleicht der unheimlichen Ruhe des Fisches im Schlamm, des Welses, der als Chiffre der Undurchschaubarkeit in den verschiedenen Gewässern des Romans anwesend ist. Eine verborgene zerstörerische – auch selbstzerstörerische – Kraft ist den geringfügigsten Ereignissen auf der Spur, könnte sie jederzeit verschlingen. Wobei dieses Lauern für die Romanfiguren auch eine Faszination bedeutet. Auf solchem Hintergrund aber, im Wissen um gefährliche Mächte, erscheint ihnen die Wahrnehmung einfacher Dinge als menschenwürdiger Akt, als lebensrettende Maßnahme gar.

Der überbelichtete Traum

Die Intensität des Gesehenen kann eine Dichte annehmen, wie wir sie an den von Claude Simon aufgezeichneten Dingen bewundern. Überhaupt kommt es einem gelegentlich vor, als würde der Autor das verwirrte Seelenleben seiner männlichen Hauptgestalten in *Lieber Leo,* im *Wasserzeichen* oder eben im *Wels,* nur dazu benützen, der behexenden Gegenwärtigkeit des aktuellen Moments habhaft zu werden. So wie sich ein solcher in der

Betrachtung eines sonst übersehenen Gegenstandes kristallisiert.

Wie er sich da einläßt, recht eigentlich hineinläßt in die Phänomene um ihn herum, es erinnert an das Erahnen »jenes geheimen Repertoires von Tönen und Formen«, das Claude Simon in der Schrift *La Corde Raide* erwähnt. Es sei dies ein Repertoire in der Außenwelt, das auch in uns drin liege, »unbekannter selbst« als das Bild unseres »nackten Gesichts im Spiegel«. So gerinnen auch bei Schneider die Wahrnehmungen manchmal zu hyperrealen Stilleben und nehmen eine verstörende Ausschließlichkeit an. Sie deformieren sich und sehen nach Schneiders Worten aus »wie ein künstliches Bild, aufgetaucht in einem überbelichteten Traum«. Etwa die alltägliche Situation beim Frühstück in der Wirtschaft »Zur Traube«. Zuerst wird ausgiebig das Behagen des hungrigen Essers beschworen: »Auf dem Teller lagen drei Spiegeleier, in Butter gebacken, wie er dem aufsteigenden Duft entnahm. Gesalzen waren sie nicht, das Eigelb wölbte sich frei von Salzkristallen aus dem geronnenen Weiß (...). Die Scheiben hingen dort, wo sie im Ofen auf dem heißen Blech gelegen hatten, noch zusammen. Er brach zwei ab, er hatte Hunger. Das leise krachende Geräusch freute ihn, das Brot war frisch. Er riß ein Stück aus dem flockigen Innern, tunkte es in ein Eigelb, daß die pralle Haut zerriß und das Dotter über das Eiweiß floß, und wartete, bis sich das

Brot vollgesogen hatte. Dann schob er es zwischen die Lippen.«

Unversehens aber kippt das festliche Mahl in die Entfremdung: »Er merkte plötzlich, daß er in diesem Raum mit dem herüberglotzenden Alten und der schnarchenden Greisin zu ertrinken drohte. Die Realität lag zwar prall vor seinen Augen, aber er tauchte weg, er glitt in Wasser. Er griff zur Kaffeekanne, als ob sie ein unsinkbarer Rettungsring wäre, und schenkte sich ein. Der schwarze Strahl glitt bogenförmig aus dem Ausguß in die blaugeblümte Tasse (...). Trotzdem hatte er das Gefühl, er müsse im nächsten Moment die Kanne fallen lassen. Sorgfältig stellte er sie auf den Tisch zurück.«

Die Zuwendung zu den Dingen ist ambivalent wie alles bei diesem Autor. Sie führt auch zu Selbstverlust und Panik wie im Traum, wenn sich die Grenze zwischen Innen und Außen verwischt. Begütigende Zeichen wie die Vögel im Holunderbusch oder die Katze vor der Tür können sich ins Gegenteil verkehren. Wir dürfen uns immer nur »einen Moment lang heimisch« vorkommen. Das Glück des unmittelbar Realen ist zerbrechlich. Unpathetisch macht Schneider dem Leser solches bewußt.

Mythischer Hintergrund

Man könnte es auch so sagen: Die heitere kleine Geschichte ist mythischen Übermächten abgerungen.

Diese sind bei Schneider überall wirksam, ob in Stükken wie *Sennentuntschi,* im Roman seiner persönlichsten Phantasie, dem *Wasserzeichen,* im *Nachtbuch für Astrid,* dem Trauerjournal für seine Frau, oder in Hunkelers schwermütigen Anwandlungen. Aus dem Heimlichen und dem Heimeligen steigt gemäß Sigmund Freud das Unheimliche. Der Freudianer, als den sich Hansjörg Schneider selber bezeichnet, würde da wohl zustimmen. Gewalttätigkeit kommt aus Isolation und dumpfer Routine: so erzählt er die Alpensage von der Sennenpuppe. Er hat sie seinem berühmten Stück als Folie unterlegt, so wie er überhaupt gern mit alten Geschichten arbeitet. Die Nymphen und Wassermänner eines Paracelsus geistern durch sein Lieblingsbuch *Das Wasserzeichen,* jenen Roman, in dem er seiner Mutter – er hat sie mit 18 Jahren durch Suizid verloren – in die Aare nachgeschwommen sei. Die Landfrauen tragen in diesem Buch das Paracelsus-Wissen noch selbstverständlich mit sich herum: »Geseelet wie der Mensch ist«, bedarf er des Grundwassers älterer Erkenntnisse.

Oder eben das Epitaph um Astrid: In dieser nackten wilden Klageschrift hat der Autor die Trauer als einen Ort gezeichnet, der dem alten Orkus gleicht, der Vorhölle, dem Schattenreich der Toten. Jeder literarischen Aufhöhung geht er zwar aus dem Weg, gerade deshalb aber wächst seinem Text eine archetypische Energie zu. Ein mythischer Kern tritt zutage. Die beschwörenden

Selbstgespräche holen die Tote zurück, zumindest für die Leser, wohl auch für den Schreibenden. Dieser gemahnt in der Dunkelheit des Schmerzes, den er wütend bespricht, an den alten Orpheus.

Auch im *Café und auf der Straße* ist Mythisches anwesend. Als zwiespältige Asylanten-Legende wird gleich zu Beginn die revolutionäre Liebesbotschaft des neuen Testaments erzählt – roh und umständlich dem Hohen Regierungsrat dargetan von der Fremdenpolizei. Die Weihnachtsgeschichte »Jesus auf dem Hüninger Riff« setzt das Buch als ganzes in die richtige Tonart. Es ist eine Tonart in Moll.

Ein Mythos – zumindest für die junge Adressatin in der Geschichte »Der Browning« – ist auch der zweite Weltkrieg in der Schweiz. Für den Erzähler bedeuten die Kriegsjahre und die Zeit danach gerade noch erinnerte Geschichte. Wir kennen die Motive und Figuren aus dem *Wasserzeichen*. Sie kehren hier wieder: Esther Guggenheim im Kindergarten, die »eine von uns war«, die einfachen Landbewohner, die – »ich kann Sie versichern, junge Dame« – alle das braune Geschrei haßten, das ab und zu aus dem Radio drang: »Ich habe keinen einzigen Menschen gekannt, der für Hitler gewesen wäre (...). Ich habe nie ein böses Wort gegen die Juden gehört.« So der einsame Stromer, in dessen Rolle Schneider – autobiographisch – berichtet. Wäre die deutsche Wehrmacht einmarschiert, hätte sein Vater

– »ein Möchtegern-Bürgerlicher (...), aber ein Antifaschist« – drei stadtbekannte Nazis erschossen. Sie hatten ihn auf die schwarze Liste gesetzt. Im eigenen Namen, im Namen des Kindes, das der Autor damals war, erzählt er vom Trauma, das ihm Fotos von Leichenbergen gleich nach dem Krieg beigebracht haben. Er erinnert sich, wie er erstmals davon hörte, die Schweiz habe Flüchtlinge in den Tod geschickt. Von da an hört er Stimmen, die »Wo ist dein Bruder Abel« murmeln. Gleichsam rückwirkend beginnt er Menschen zu retten – in der Literatur. »Alte karierte Schulhefte« füllt er mit Berichten über Verfolgte, die er, der kleine Junge, der er war, vor der Ausschaffung bewahrt. Der Schreiber, den die vom Krieg gezeichnete Geschichte seiner Kindheit zum Sonderling, zum Eremiten gemacht hat, bekommt von den Verlagen nicht einmal Antwort auf seine Manuskripte.

Im Krimi *Tod einer Ärztin* tritt übrigens ein ähnlich erfolgloser Schriftsteller mit Wachstuchheften auf: Heinrich Rüfenacht, der Mörder. Beide Gestalten spiegeln sich im Autor selber, der seine Entwürfe ebenfalls sorgfältig in karierte Hefte schreibt und zuhause aufbewahrt. In einer Ecke seiner 19. Jahrhundert-Wohnung liegen sie aufgestapelt, die kostbaren Manuskripte in zarter, schwer lesbarer Schrift.

So lassen sich Variationen von Figuren und Motiven im ganzen Werk verfolgen, und fast immer finden sie einen Rückhalt in der Realität, auch wenn sie erfunden sind. Schneider hat mir das Haus im Elsaß gezeigt, wo sich jener unglückliche – freilich fiktive – Rüfenacht erhängt, ebenso den Baum an der Straße, in dem seine Mordwaffe, das Messer, steckt. Dieser Rüfenacht ist eine Figur, die man – wie viele andere bei diesem Autor – nicht mehr aus dem Kopf bringt. Wenn Schneider Menschen zeichnet, kommt er mit wenigen Strichen aus. Da spricht ein Blick, dort spricht ein Wort. Mit sparsamsten Mitteln sind Gestalten und Situationen erfaßt.

Den Beweis für solche Kunst treten hier die Erzählungen an, die in Zofingen, der Stadt seiner Jugend, angesiedelt sind: »Henriette«, »Himmelsbach«, »Der Mann am Saxophon«. Es sind komplexe Geschichten eines schwebenden Anfangs – des Anfangs einer Liebe etwa wie in »Henriette«. Dieser Text präludiert die großen Lebens- und Liebesgeschichten »Leköb« und »Distra«, die den Erzählband *Ein anderes Land* krönen. Er präludiert auch die dramatischen Verwicklungen, die existentiellen Beziehungen zwischen Mann und Frau, wie sie die Romane *Lieber Leo* und *Der Wels* bestimmen – in lockererer Form auch die Kriminalromane.

Bei wenigen Autoren treffen Leserinnen so überzeugende Frauengestalten an wie bei Hansjörg Schneider.

Sie heißen Hedwig, Distra, Bea, Kathrin, aber auch Erika Waldis oder Hanna ... und eben Henriette: eine exzellente Schar, die man wie Freundinnen liebgewinnt.

Seelenwissen und untrügliches Sprachwissen bringt dieser Schriftsteller glücklich zusammen. Insofern er aber von der Realität ausgeht und nicht von der Sprache, führt er – in seinem sehr modernen Werk – eine große schweizerische Tradition weiter, eine Erzählkultur, wie sie die von ihm bewunderten Hans Morgenthaler und Friedrich Glauser gepflegt haben.

INHALT

I

II

III

IV